歌集

白き織月

原　雅子

青磁社

白き繊月＊目次

一
蘭の花　11
旅に遊ぶ　13
天高き秋空　23
追　憶　26
二
学園記念の年に　33
散歩道　36
京の寺　39
切なる願ひ　42
文学音曲に身を置く　49

三

草木自然 59
歴史のわれ 66
オーストラリア 68
韓 国 70
きぬ擦れ 72

四

アメリカ西海岸 77
漆 黒 80
緋 袴 84
金環日食 87
秋模様 91
自 問 98

意味を探る 101
総持寺 105

五

生かされて 111
リズム 118
赤き薔薇 123
風模様 127
PCトラブル 131

六

千里丘陵の森 135
岩手の友 138

七

Kansas 143
淡路島 147
霞のヴェール 152

八

歌 155
医学研究 163
群青の空 169
郊行 177
炎暑 183
秋の色 189

九
時間《とき》はめぐる 195
「五十年経験なき台風」とニュース 199
清冽な秋 202
若き徒 206
十
心 213
初 春 219
あとがき 220

白き繊月

原 雅子

一

蘭の花

一九九三年

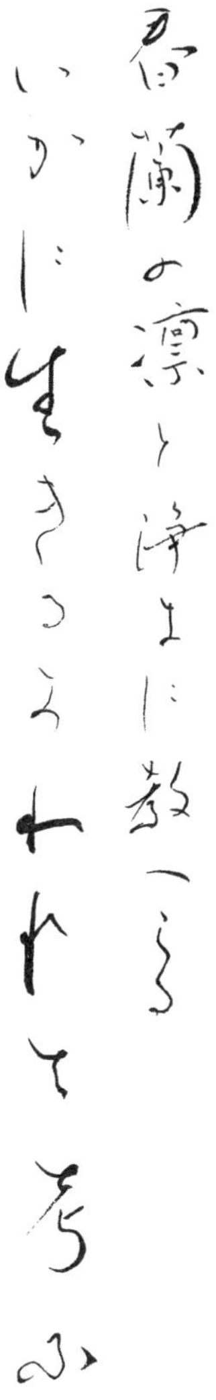

春蘭の凛と浄きに教へらるいかに生きるかわれは考ふ

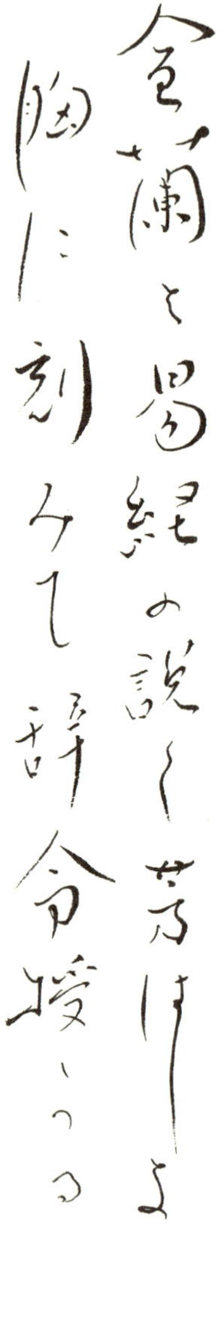

金蘭は『易経』の説く芳はしき胸に刻みて辞令授かる

旅に遊ぶ

中国　中国杭州　　一九九四年

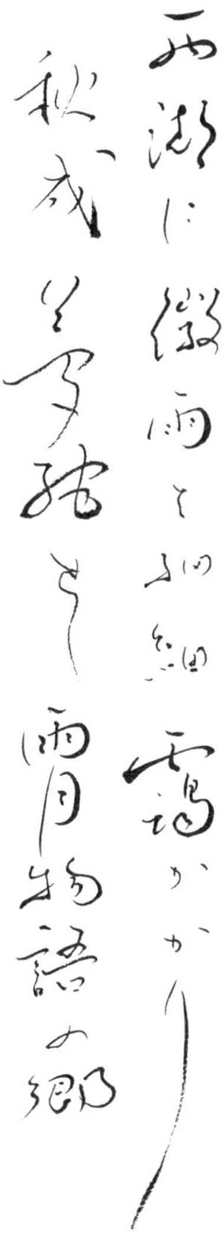

西湖《シーフー》に微雨は細々靄《もや》かかり秋成夢馳せし『雨月物語』の郷

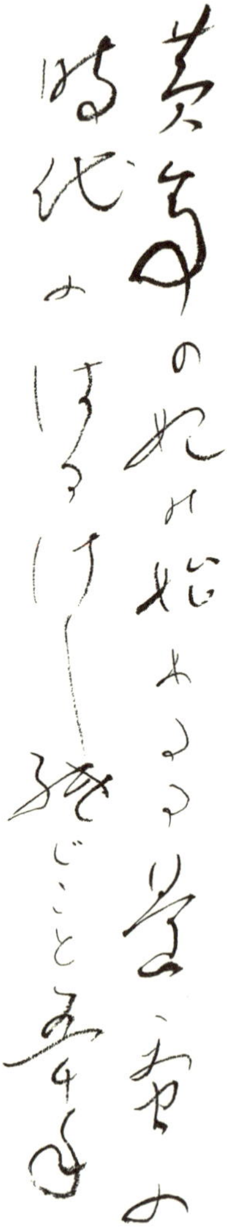

黄帝の妃の始めたる養蚕の時代《とき》のはるけし継ぐこと五千年

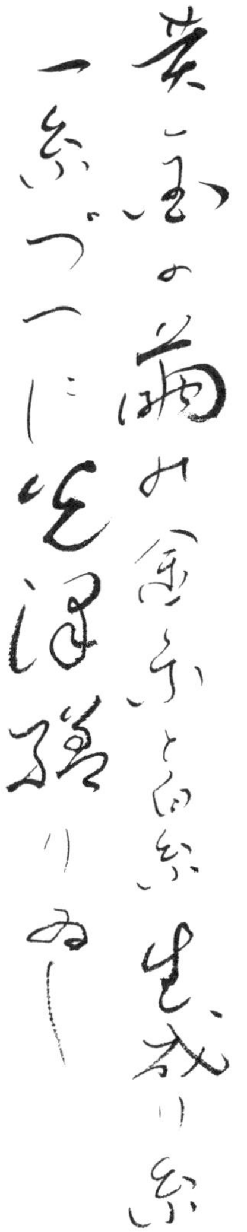

黄金の繭の金糸と白糸生成《きな》り糸一糸づつに光沢縒《よ》りゐし

韓国にかつて在りたる親蚕式《チンジャムネ》　国母の教へ蚕絹つむぐ

美智子妃の伝承さるる原産種小石丸《こいしまる》とふ繭の繊細さよ

フランス

一九九五年

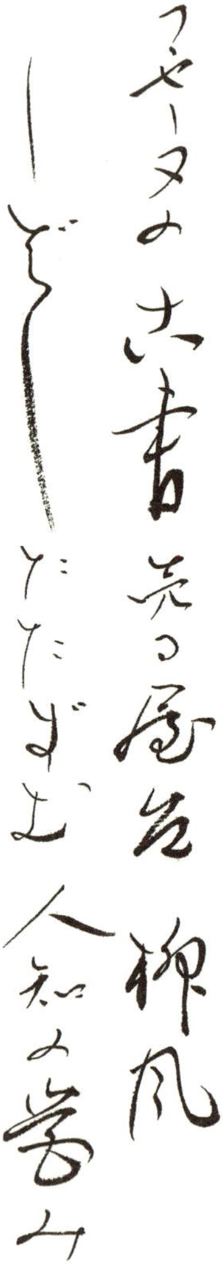

ラ・セーヌの古書売る屋台柳風しばしたたずむ人知の営み

人の波目はアグレッシブに見すゑたり肩寄せ論ずカルチェラタン

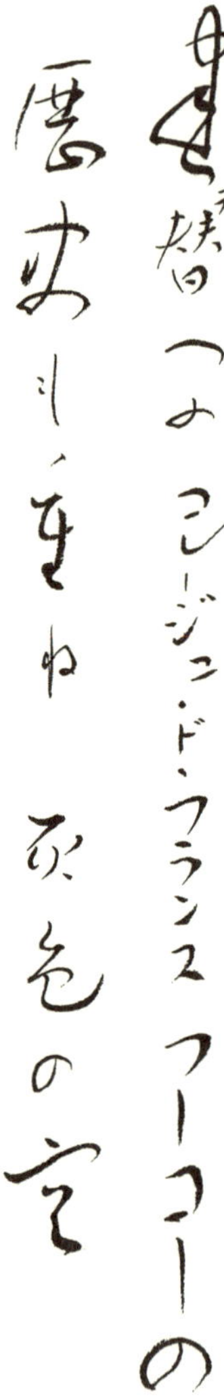

建て替へのコレージュ・ド・フランス　フーコーの歴史も重ね灰色の空

イタリア

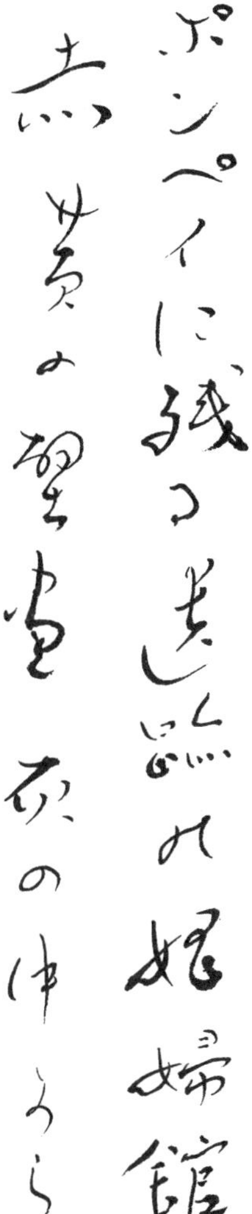

ポンペイに残る遺跡の娼婦館　赤黄の壁画灰の中から

コロッセオは街中にそびゆ石畳ただ黙したり歴史沈めて

天高き秋空

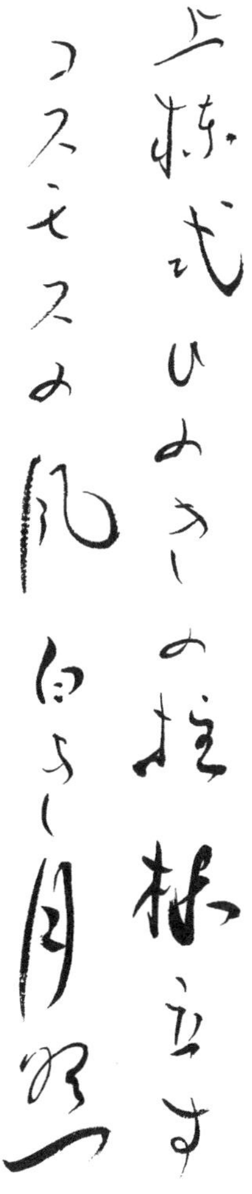

「上棟式」 ひのきの柱林立すコスモスの風白き月照る

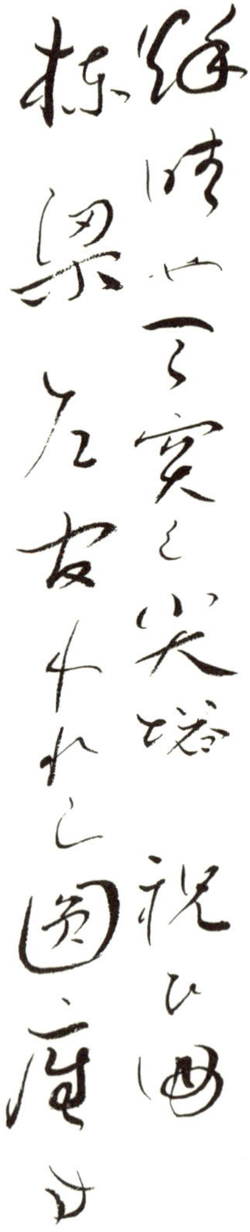

秋晴や天突く尖塔祝ひ酒棟梁左官われら円座す

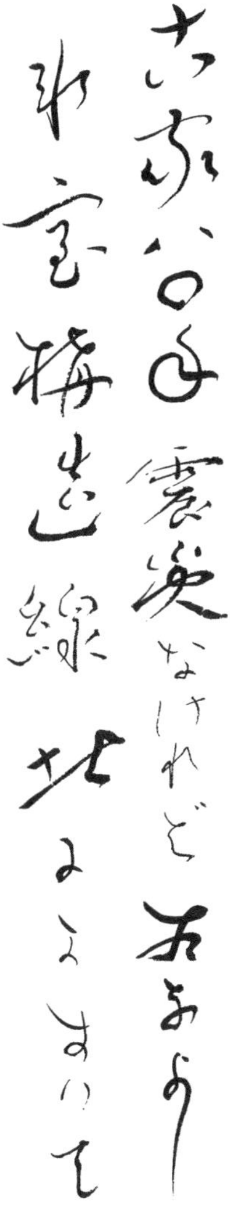

古家八〇年震災なければ古きよし氷室構造線北にかすりて

追憶

一九九六年

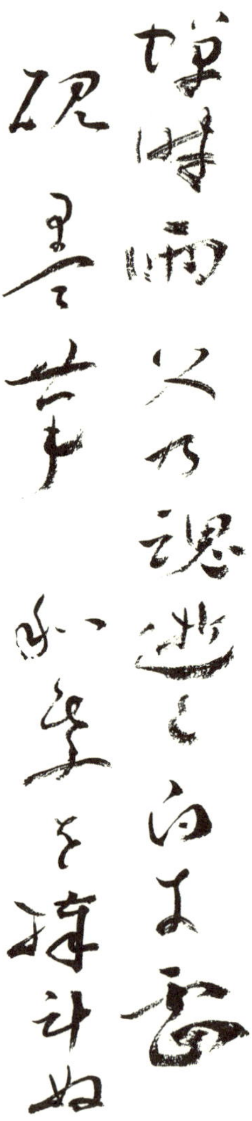

蟬時雨父の魂逝く白き雲　硯墨筆和紙を捧げぬ

父の魂ま白き雲にゆつたりと手に筆たづさへ肩は凛たり

二〇〇一年

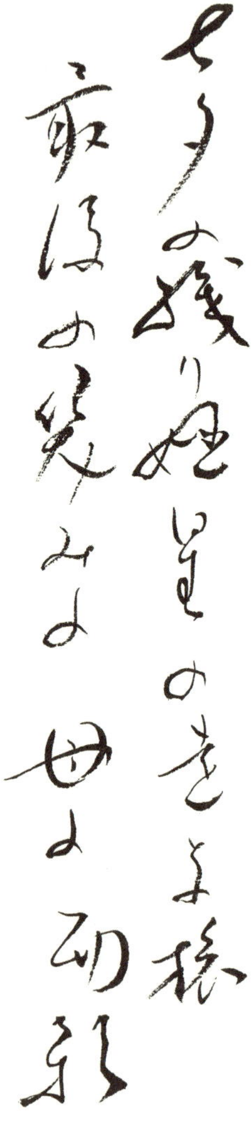

七夕の織り姫星の遠き旅最後の笑みの母の面影

七夕の星のかけ橋母は舞ふ彼方にうつくし扇姿に

父母は天にましますみづから星空仰ぐわが習ひなり

二

学園記念の年に

二〇〇五年

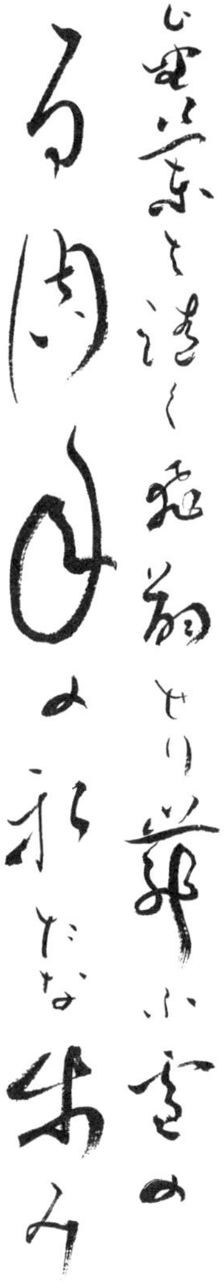

金蘭は清く飛翔せり舞ふ雪の百周年の新たな歩み

二〇〇六年

陽光に生かされてありこの身なる初の雪華《ゆきはな》宇宙の妙を

源氏物語千二百年の年

二〇〇七年

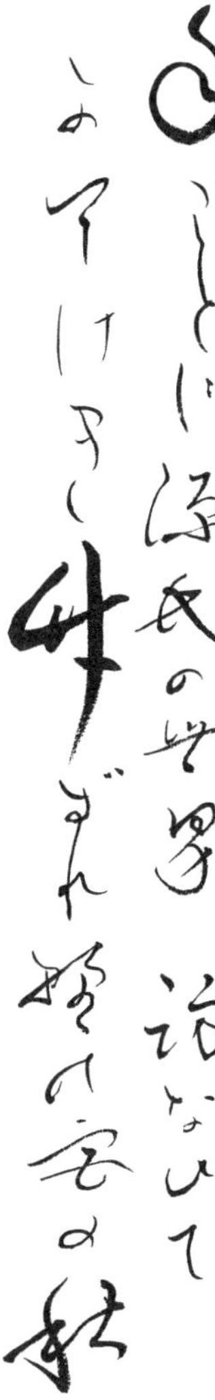

年ごとに源氏の世界訪なひてかそけき竹ずれ野の宮の秋

散歩道

二〇〇八年

釣り舟の月をいざなふ星二つ冬夜煌《きら》めくコラボレーション

二〇〇九年

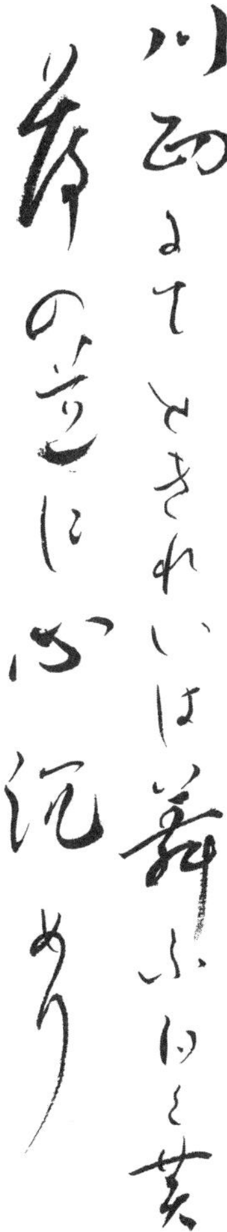

川面にてせきれいは舞ふ白く黄に薄《すすき》の道に心沈めり

二〇一〇年

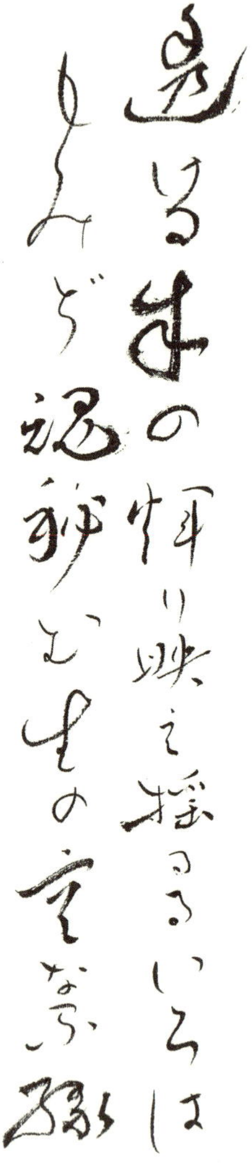

透ける朱の輝り映え揺るるいろはもみぢ魂《たま》秘む生の空《くう》なる縁《えにし》

京の寺

二〇一一年

雅びなる扶桑の国の初春に瑞龍の雲　祈りを託す

建仁寺龍天井で睨みたり法堂《はったう》底冷え心は覚悟す

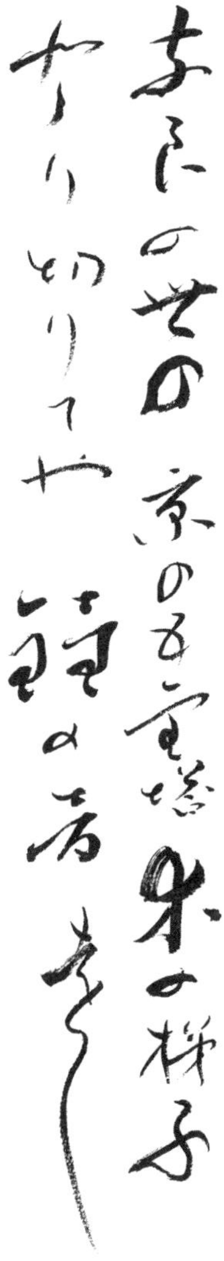

奈良の世の京の五重の塔木の梯子《はしご》　登り切りてや鐘の音遠し
（八坂塔）

切なる願ひ

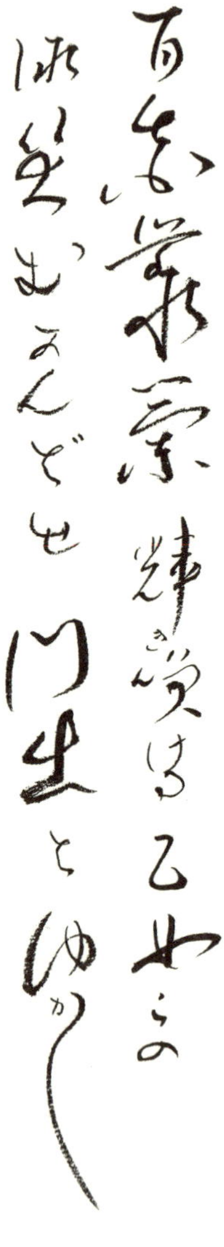

百花叢蘭輝き咲ける乙女らの微笑むかんばせ門出はゆかし

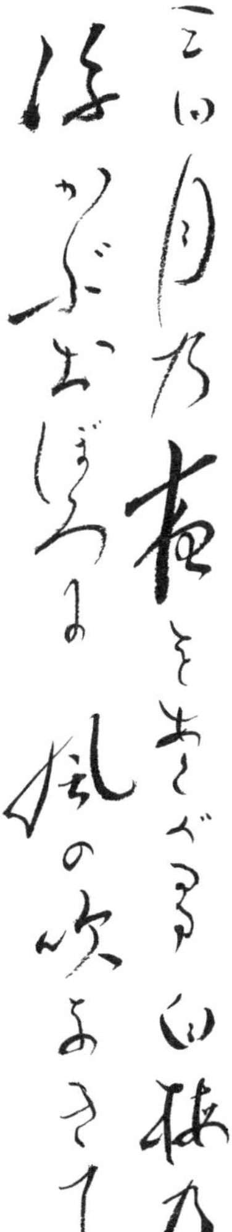

三日月の夜をあくがるる白梅の浮かぶおぼろに風の吹ききて

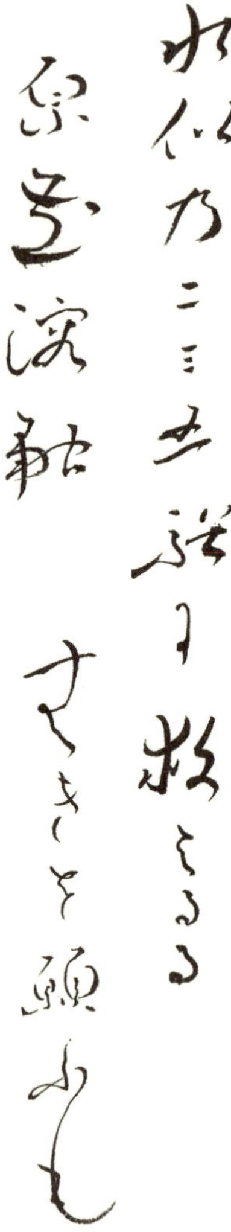

水仙の二三五輪に救はるる原発溶融無きを願ふも

曝け出す人智のあやふさ被爆国放射能惨事止めやうもなし

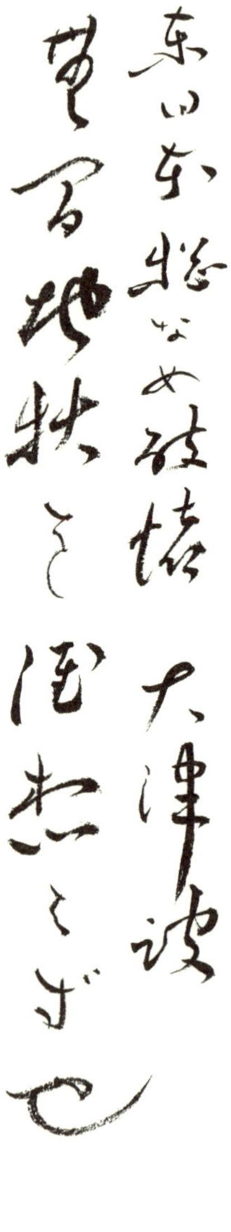

東日本総なめ破壊大津波無間地獄を誰想はずや

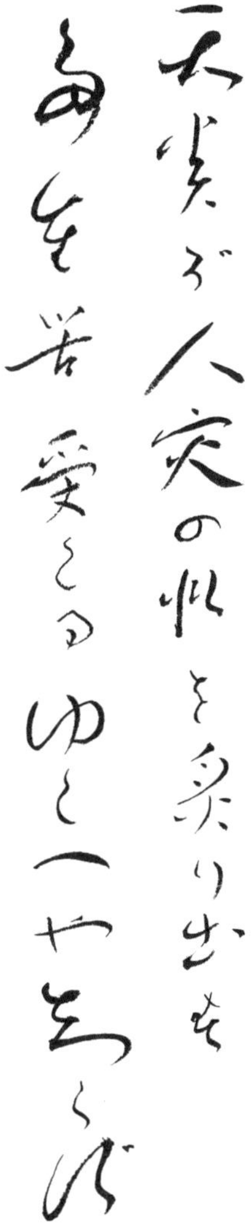

天災が人災の非を炙り出す多重苦受くるゆくへや知らず

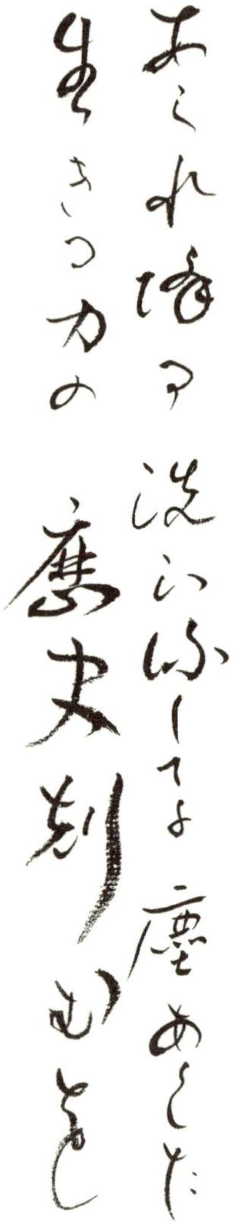

あられ降る洗ひ流してよ塵あくた生きる力の歴史刻むを

藤村の童話『幸福』おかうこのにぎり一つに心やはらぐ

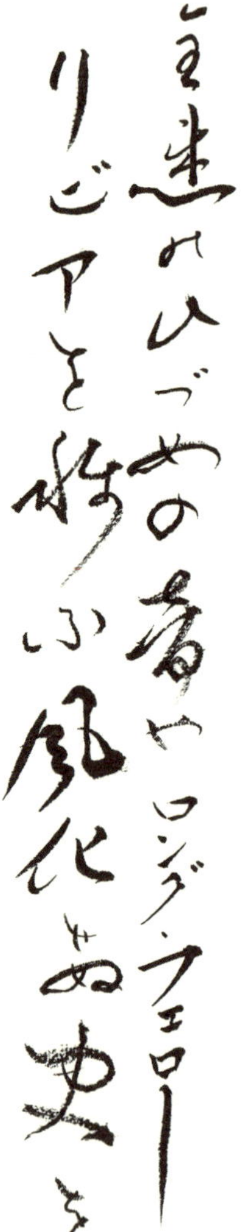

「全速のひづめの音」やロング・フェロー　リビアを称ふ風化せぬ史を

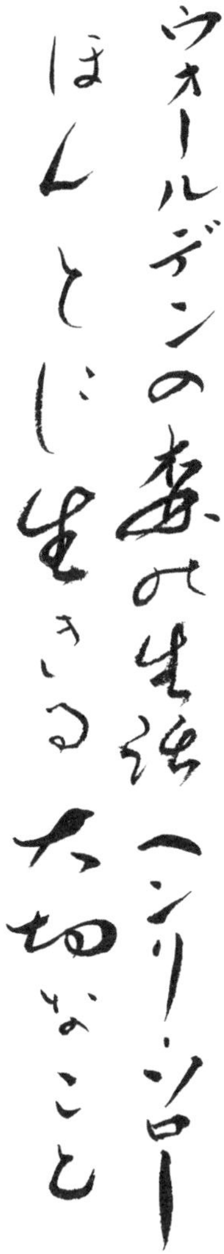

ウォールデンの森の生活ヘンリ・ソローほんとに生きる大切なこと

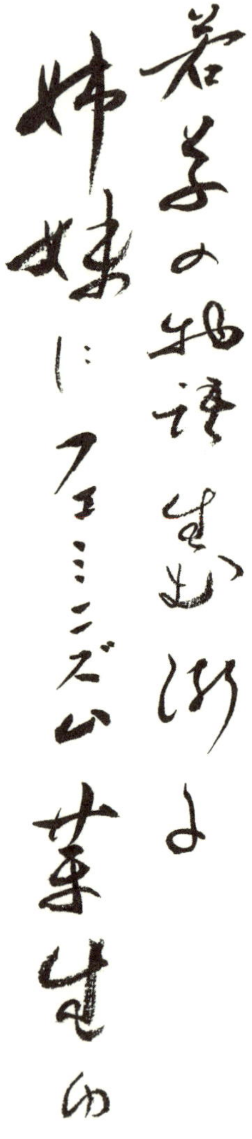

若草の物語生む湖に姉妹《あね》にフェミニズム芽生ゆ

尺八の「鶴の巣ごもり」つがひ鳴く秘曲の音にや震ふ琴線

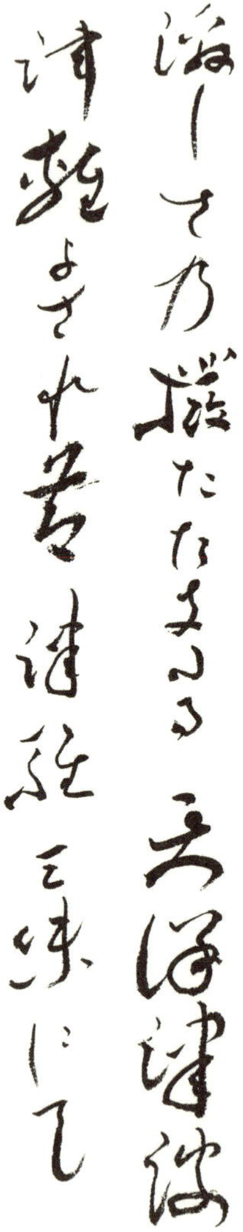

激しさの撥《ばち》たたきたる天保津波「津軽よされ節」津軽三味《さみ》にて

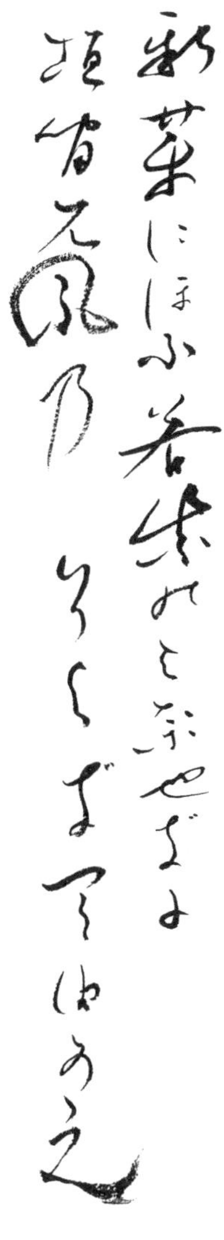

新芽にほふ「若紫」のはなやぎに垣間見風のそよぎてゆかし

三

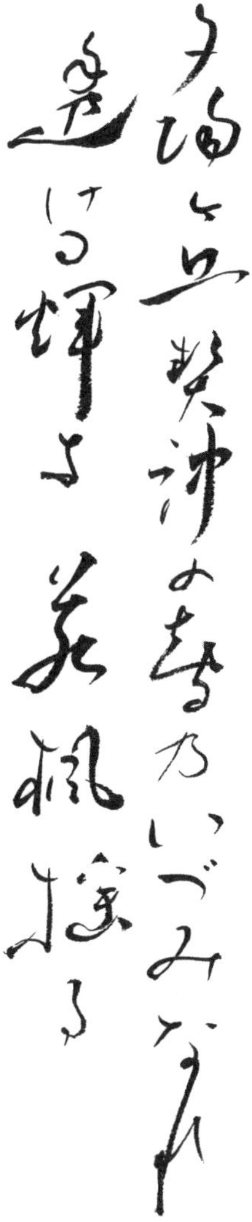

夕陽ヶ丘　契沖の智のいづみなれ透ける輝き若楓揺る

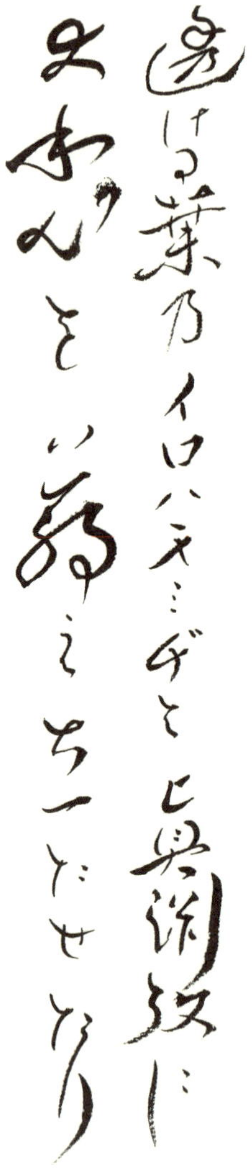

透ける葉のイロハモミヂは『真淵攷』に大和心を萌え立たせたり

若葉雨競《きほ》ひ萌え立つダイヤダスト透けて揺らめく我が身の小さき

一号の台風切り込む心にも円錐セコイヤ空突き靡かぬ

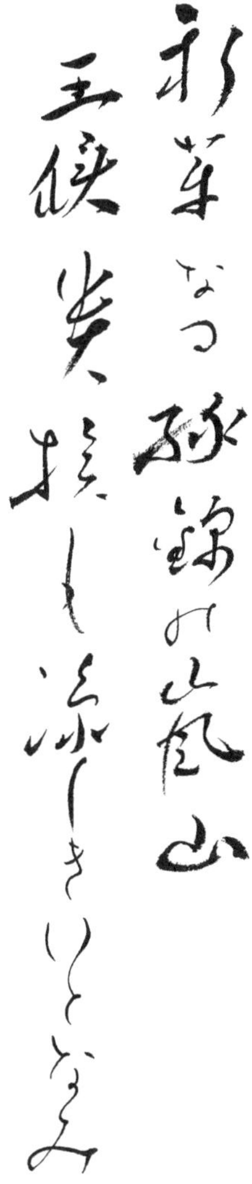

新芽なる緑錦の嵐山　王候貴族も涼しきいとなみ

真淵攷三校難渋かたつぶり
草木人と慈しみたり

『真淵攷』三校難渋かたつぶり草木人と慈しみたり

篠《ささ》の葉の若き瑞枝に透ける日のやさしき小野に白き蝶舞ふ

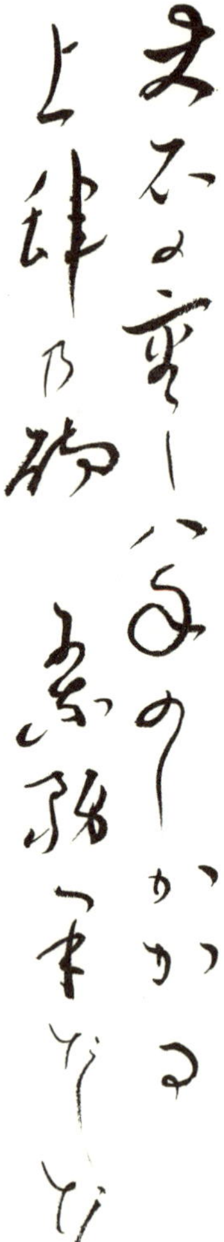

大石の重し八年のしかかる上肆の砌《みぎり》　義務果たしたり

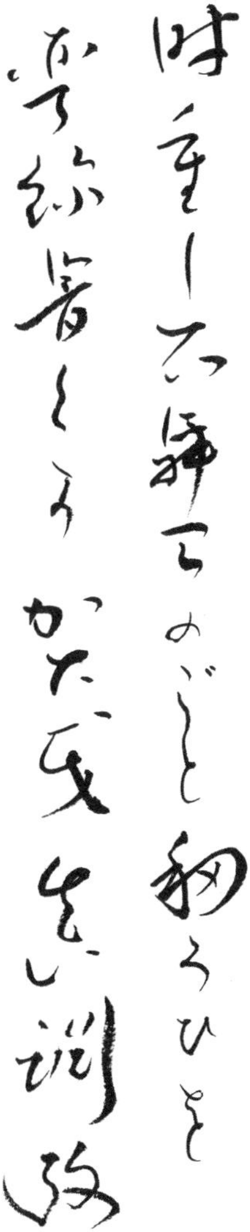

時重し石舞台のごと移ろひを琴線響くか『賀茂真淵攷』

オーストラリア

庭園の都市 Brisbane Aborigine 聖なる神にダンスを捧ぐ

Toowoomba に古き移植の百十四年　羊パンの原《もと》くらしは楽し

韓国

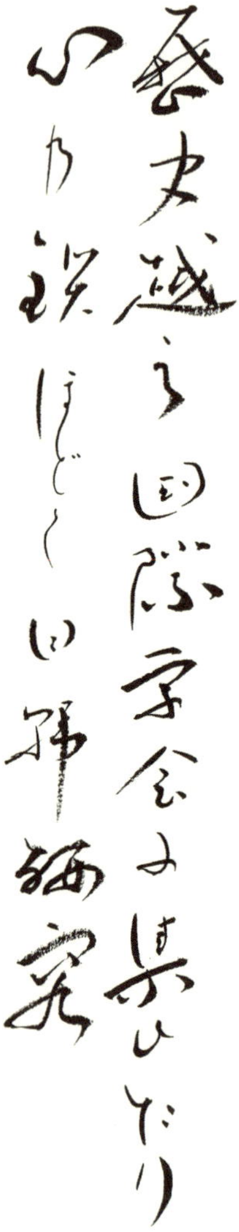

歴史越え国際学会に集ひたり心の鎖ほどく日韓研究

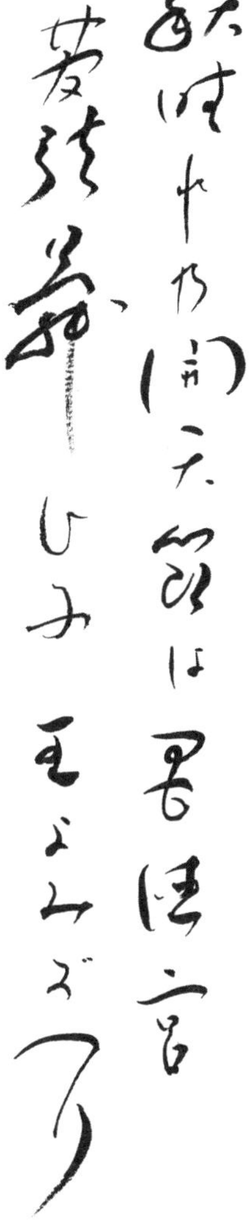

秋晴れの開天節は昌徳宮　管弦舞ひに王よみがへり

きぬ擦れ

二〇一二年

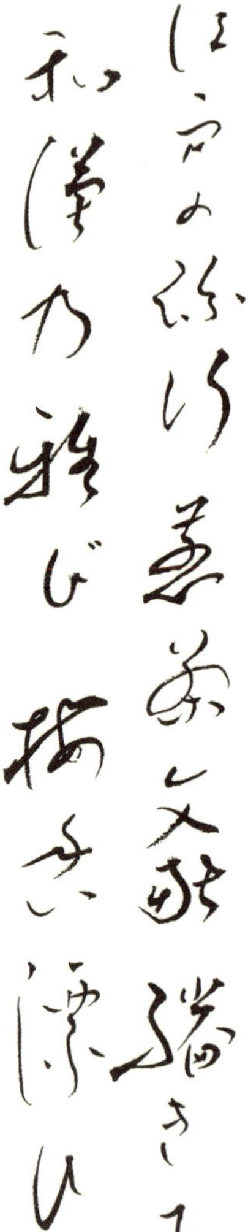

江戸の流行り煎茶文献繙きて和漢の雅び梅香漂ひ

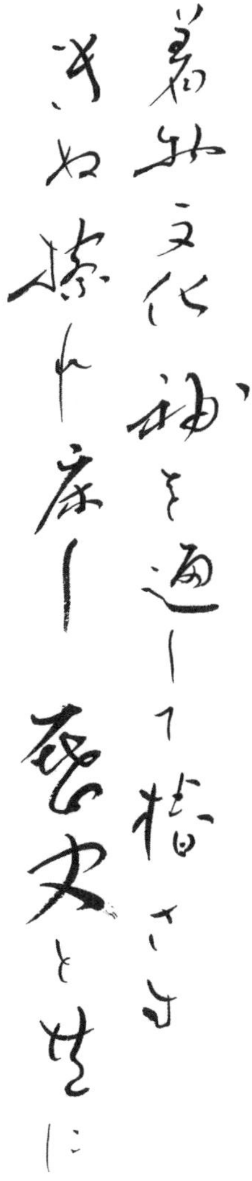

着物文化袖を通して椿さすきぬ擦れ床し歴史と共に

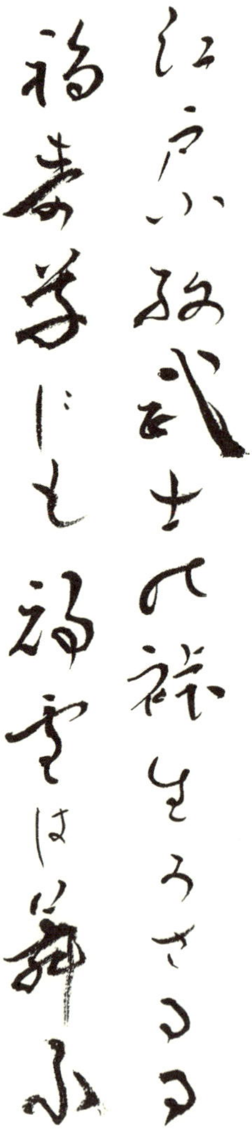

江戸小紋　武士の裃《かみしも》生かさるる福寿草にも初雪は舞ふ

四

アメリカ西海岸

意を決しSan Francisco シンポジウムあまたの国から集ふ仲間よ

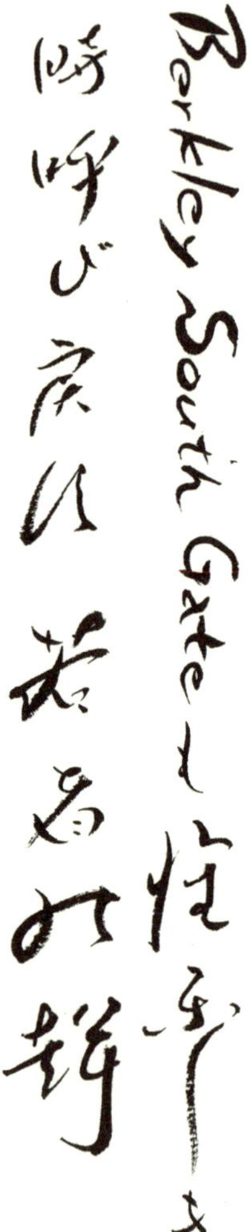

Berkeley South Gate も懐かしき時呼び戻す若者の声

原生林 eucalyptus 共存の知の森人が生かさる Stanford University

漆黒

重き枷《かせ》三・一一深きままメルトダウンに桜一輪

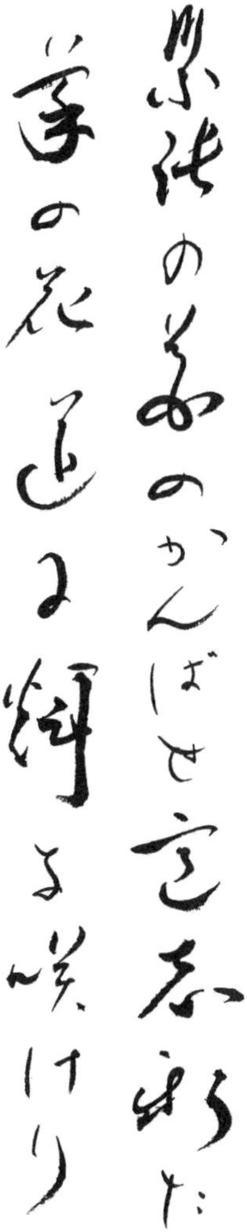

緊張の花のかんばせ意志新た菜の花道に輝き咲けり

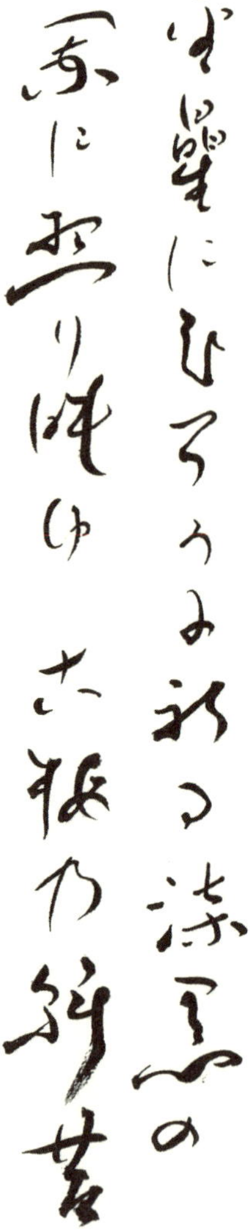

金星にひそかに祈る漆黒の闇に照り映ゆ古梅の幹苔

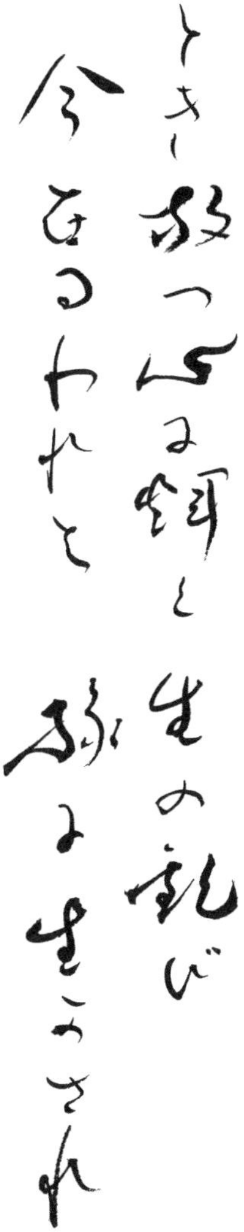

とき放つ心に輝く生の歓び今在るわれは縁に生かされ

緋袴

鶯の初音ゆかしく響き入る笹ずれ高し共にそよぐや

緋袴の乙女の鈴の春祭り安寧の字こそ自然の安らぎ

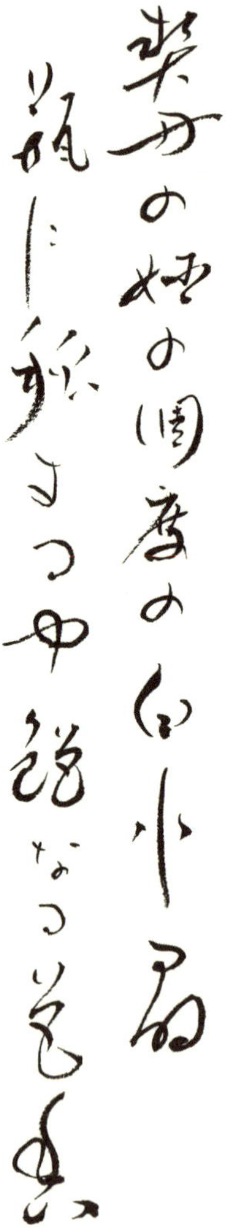

契丹の姫の調度の白水晶瓶に秘するや艶なる色香

金環日食

墨流し平安時代の染め技法　自然の妙の幽玄たたふる

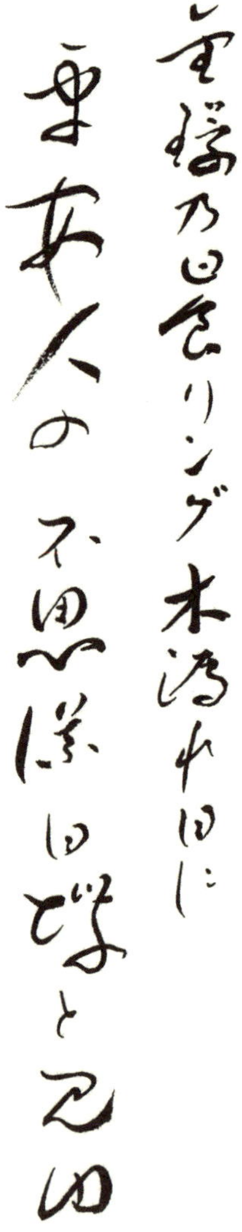

金環の日食リング木漏れ日に平安人の不思議白蝶と見ゆ

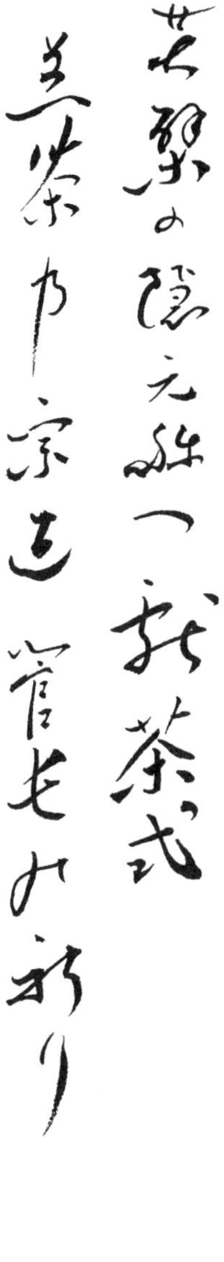

黄檗の隠元称へ献茶式　煎茶の宗匠管長の祈り

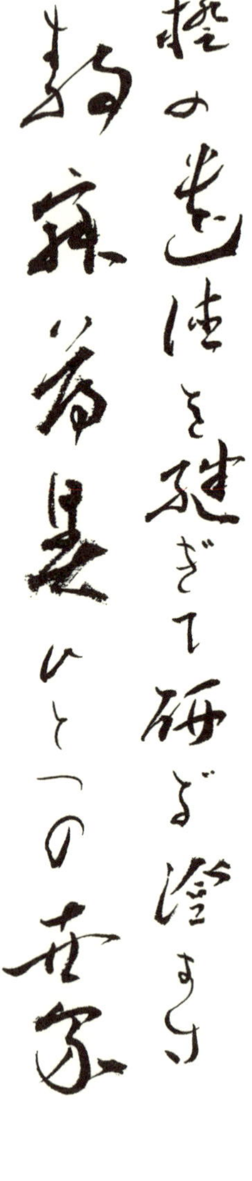

「橙《オレンヂ》」の遺徳を継ぎて研ぎ澄ます静寂薄暑ひとつの世界

山に舞ふ 叢《くさむら》 水辺の蛍火をしかと捕ふる自分の心

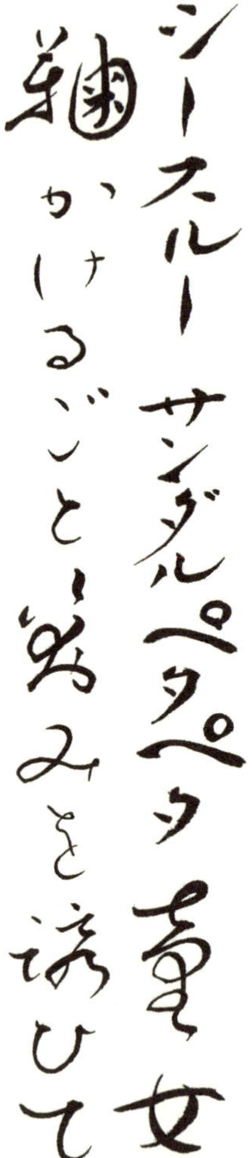

シースルーサンダルペタペタ童女《わらはめ》の鞠かけるごと笑みを誘ひて

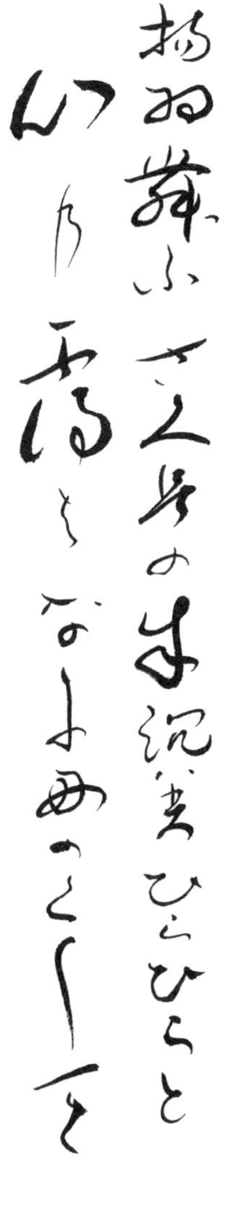

揚羽舞ふざくろの朱沈みひらひらと心の靄はなにに かくして

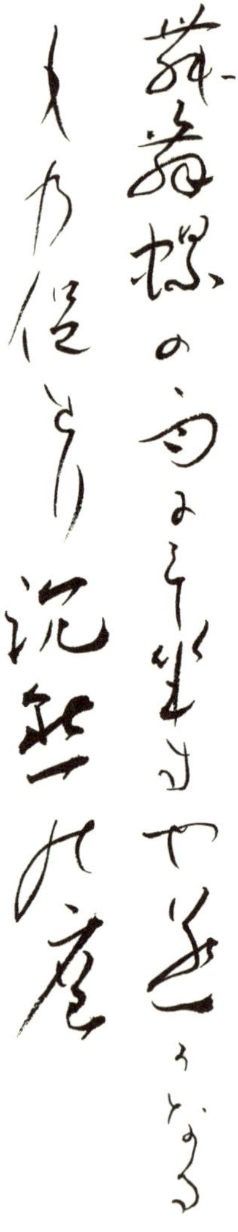

舞舞螺《まひまひ》の雨にて坐すや遥かなるもの促せり沈黙の底

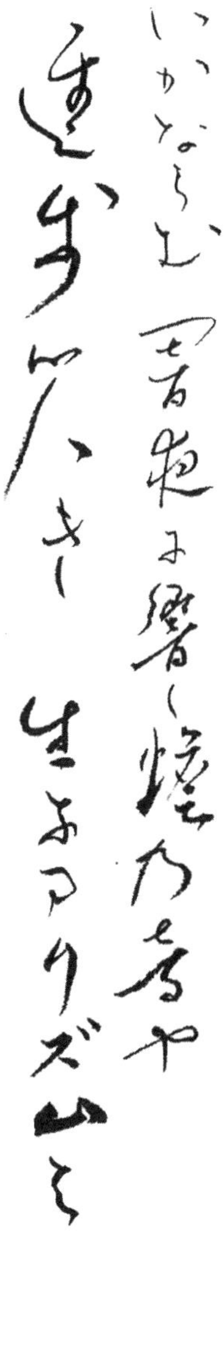

いかならむ闇夜に響く蟾《ひき》の音や速歩閃き生きるリズムは

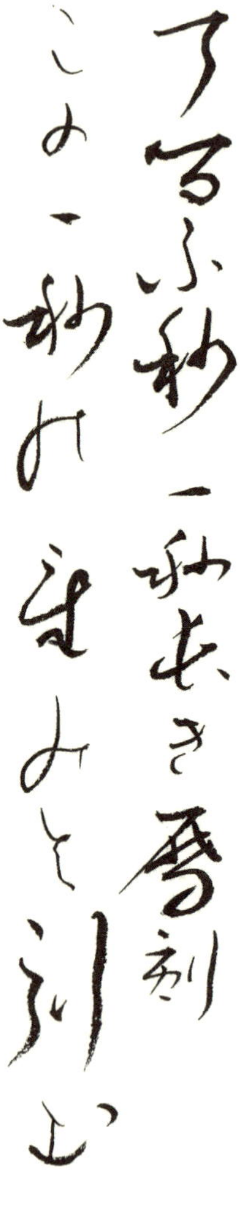

うるふ秒一秒長き暦刻この一秒の重みは刻む
（うるふ秒、一秒長く三十年ぶり）

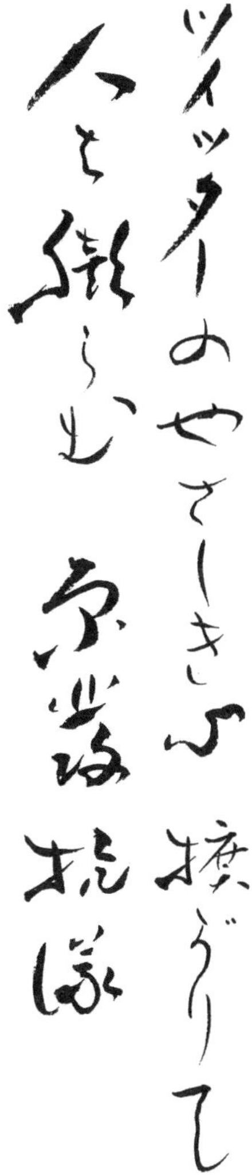

ツイッターのやさしき心拡がりて人は膨らむ原発抗議

自問

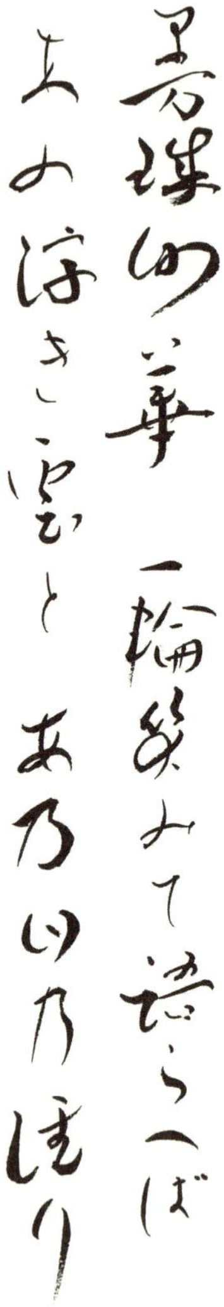

曼珠沙華一輪笑みて語らへばあの浮き雲とあの日の語り

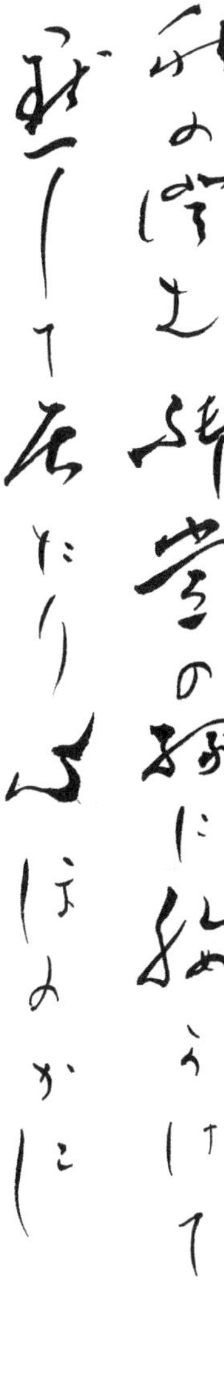

秋の澄む御堂の縁に腰かけて黙して居たり心ほのかに

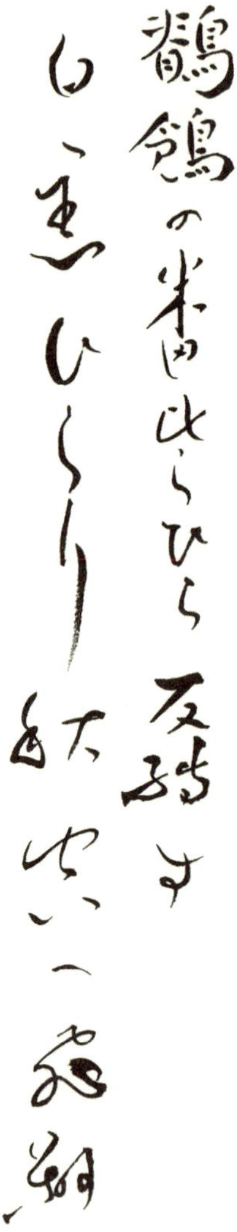

鶺鴒《せきれい》の番《つがひ》ひらひら反転す白黒ひらり秋空へ飛翔

葉一枚赤もみぢの尖揺れてをり茜の雲も夕日に沈みて

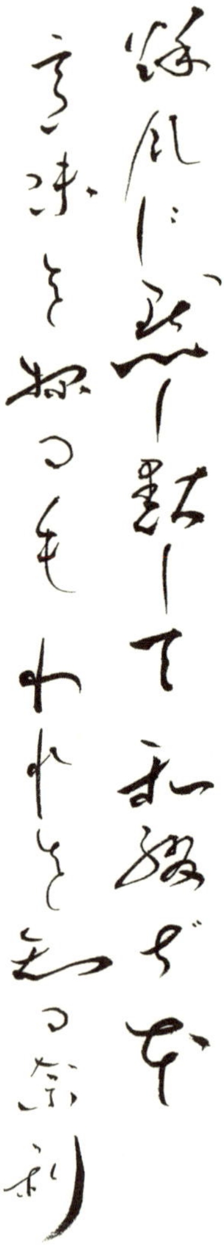

秋風に黙し黙して和綴ぢ本　意味を探るもわれを知るなり

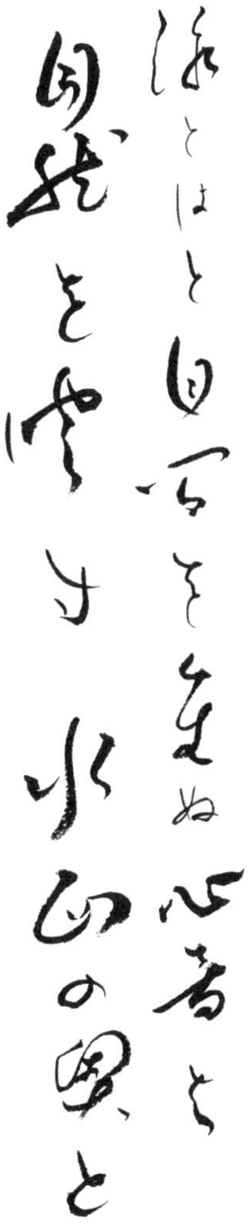

詠とはと自問を重ぬ心音は自然を映す水面の奥と

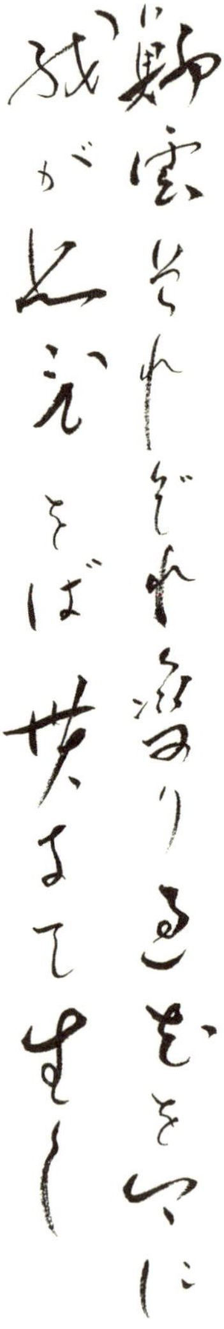

鰯雲それぞれ変り過去を今に我が思ひをば貫きて生く

総持寺

二〇一三年

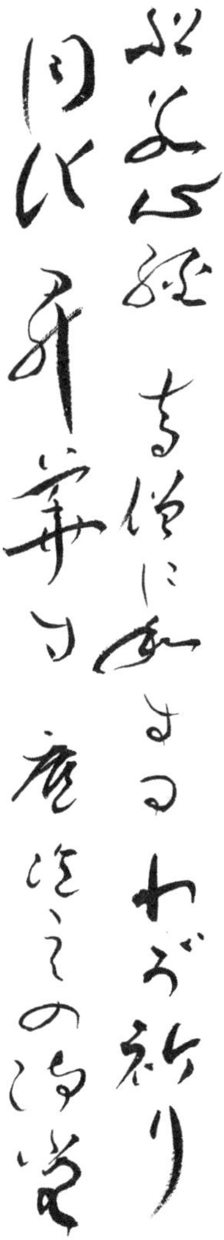

般若心経寺僧に和するわが祈り同化昇華す底冷えの御堂

オンバサラタラマキリク心に唱ふ
習ひの言葉おのづからなり

オンバサラタラマキリク心に唱ふ習ひの言葉おのづからなり

サンスクリット（おーい、金剛のような阿弥陀釋迦様よ、御守り下さい）

白鷺の蓮池に立ち微動だにせぬ坐禅のごとき心われに在りや

五

生かされて

歳星のあらた煌めき冴ゆる鼓舞いかに生きるか祈り祈りて

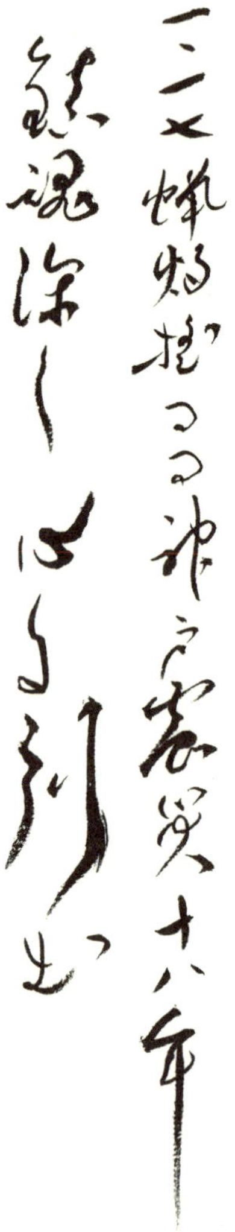

一・一七蠟燭揺るる神戸震災十八年鎮魂深く心に刻む

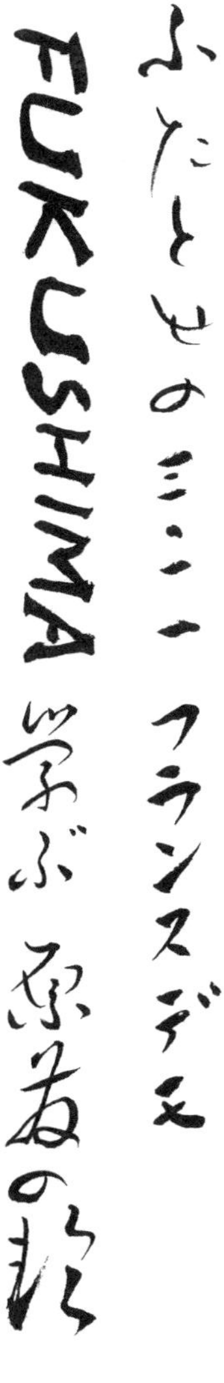

ふたとせの三・一一フランスデモ「FUKUSHIMA学ぶ」原発の輪

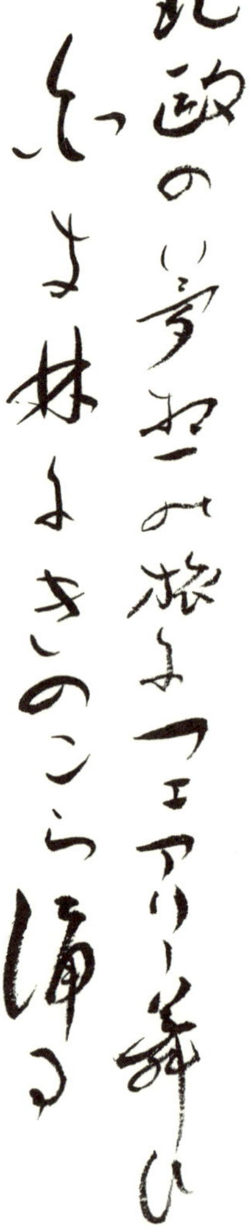

北欧の夢想の旅にフェアリー舞ひ白き林にきのこら踊る

摂州の富田蔵元振舞ひて宝井其角「けさたんと」の句巻き

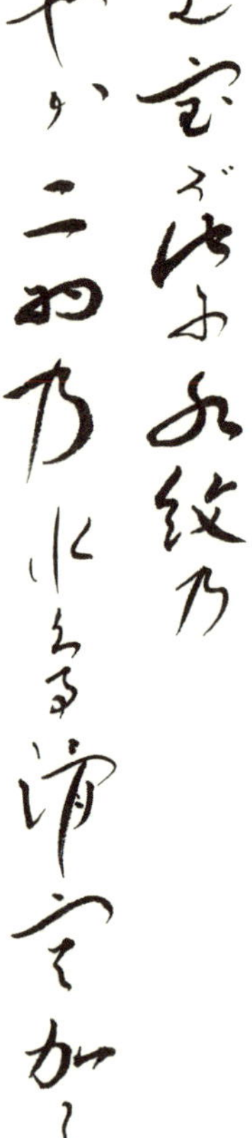

水温む宝が池に水紋のけざやか二羽の水鳥滑空加ふ

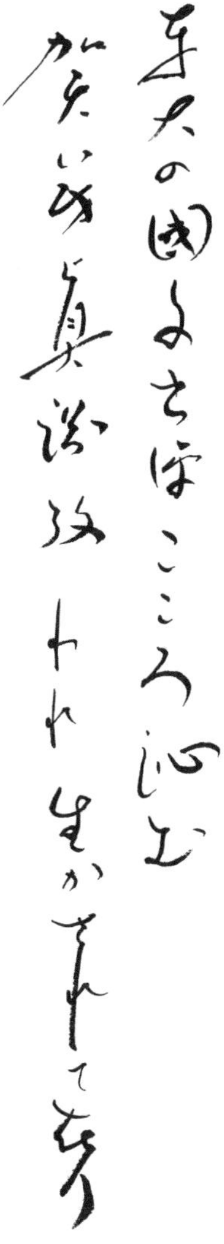

東大の国文書評こころ沁む『賀茂真淵攷』われ生かされて在り

リズム

ミュージカルはじける若人わが学生燃焼の「銀の鹿」演じ切りたり

頬白の番ひ二組春の陽の川面に舞ふも宙《そら》に飛翔す

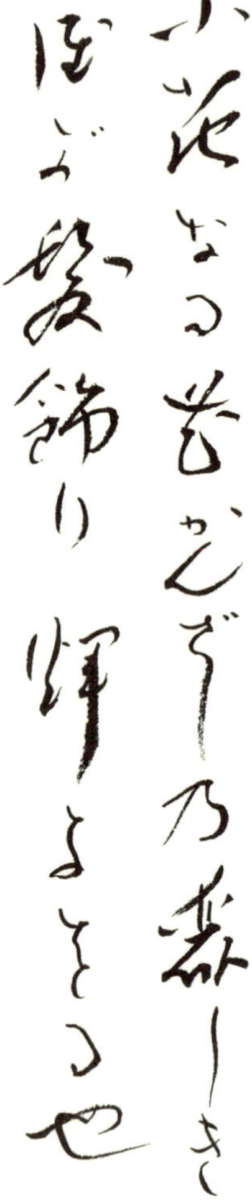

小花なる花かんざしの麗しき誰が髪飾り輝きをるや

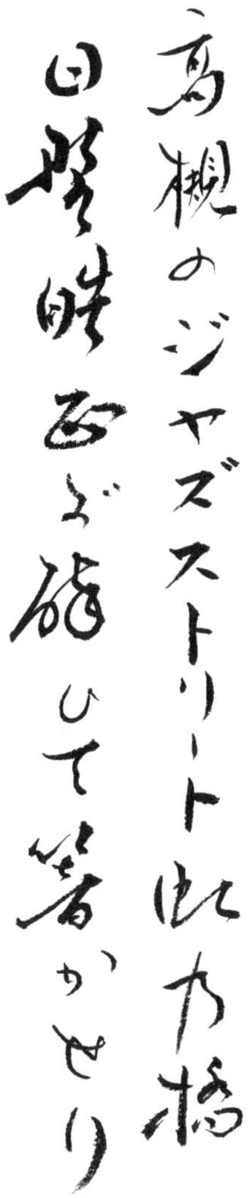

高槻のジャズストリート虹の橋　日野皓正が酔ひて響かせり

ボーカルのリズムを誘ふスイングの
悲哀不条理こころに深し

ボーカルのリズムを誘ふスイングの悲哀不条理こころに深し

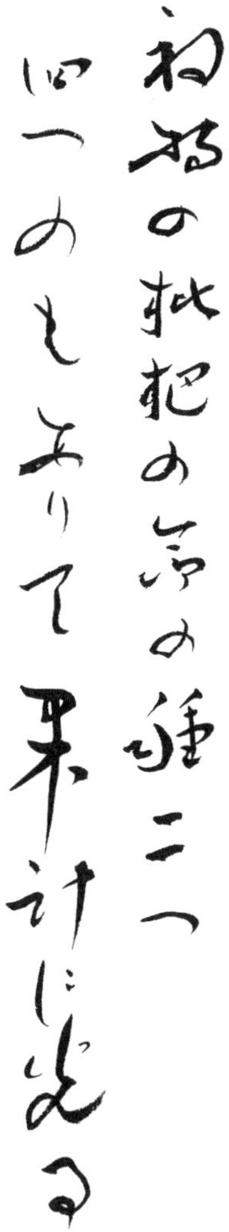

初物の枇杷の命の種二つ四つのもありて果汁に光る

霞たるみどりの錦竹さやぐ藤やまざくら顔を添へたり

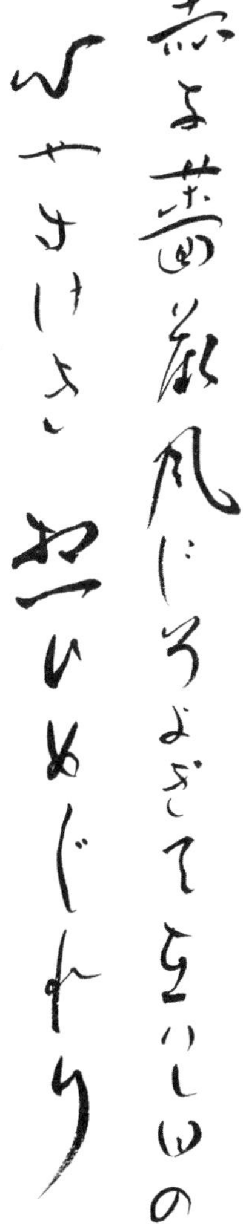

赤き薔薇風にそよぎて在りし日の心やすけき想ひめぐれり

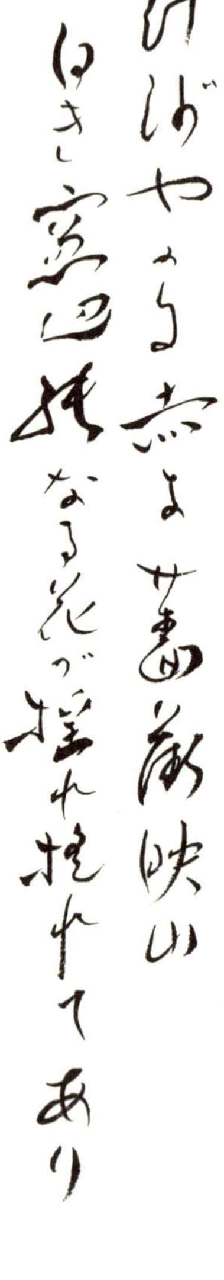

けざやかに赤き薔薇映ゆ白き窓辺　純なる花が揺れ揺れてあり

風模様

むづかりし赤児のごとき風模様けさは一変嵐雨となれり

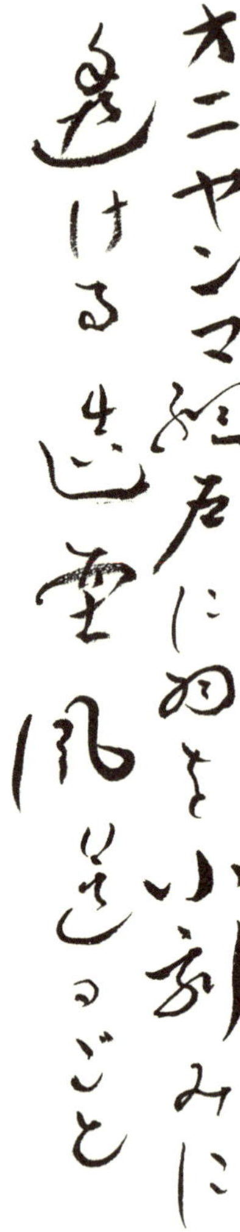

オニヤンマ網戸に羽を小刻みに透ける造型　風送るごと

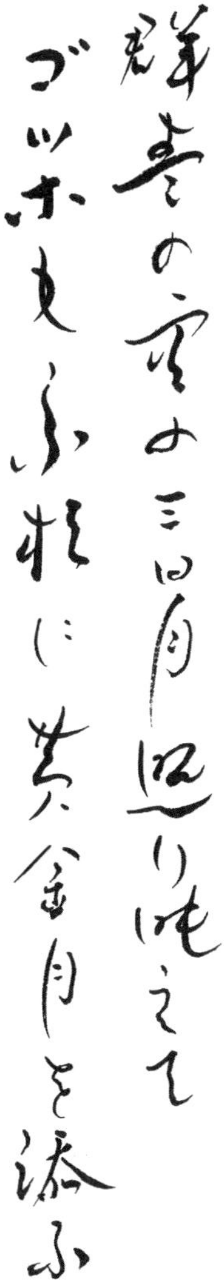

群青の空の三日月照り映えてゴッホも糸杉に黄金月を添ふ

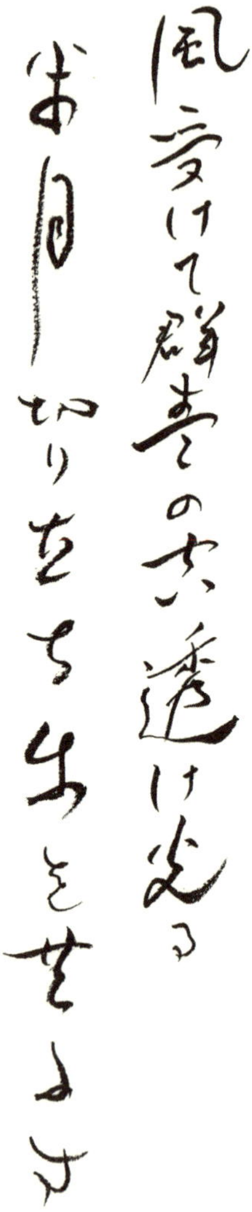

風受けて群青の空透け光る半月切り立ち歩を共にす

PC トラブル

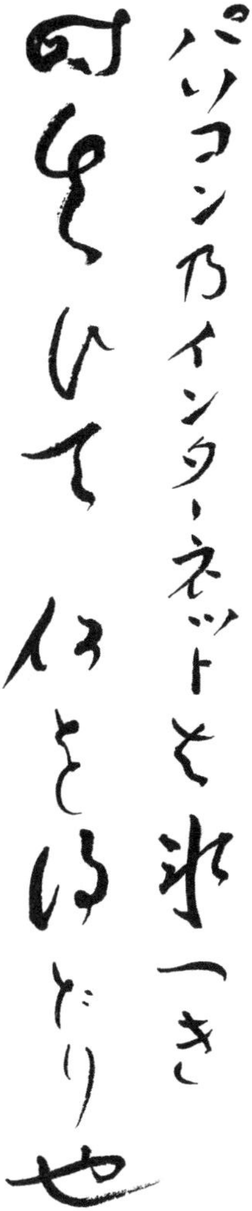

パソコンのインターネットは氷つき時失ひて何を得たりや

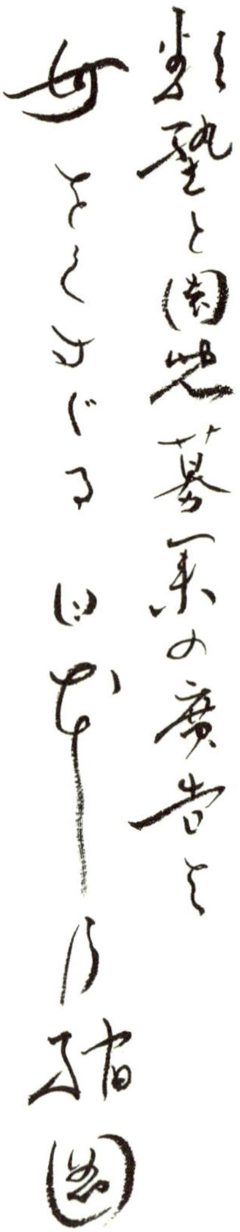

類塾と園児募集の広告は母をくすぐる日本の縮図

六

千里丘陵の森

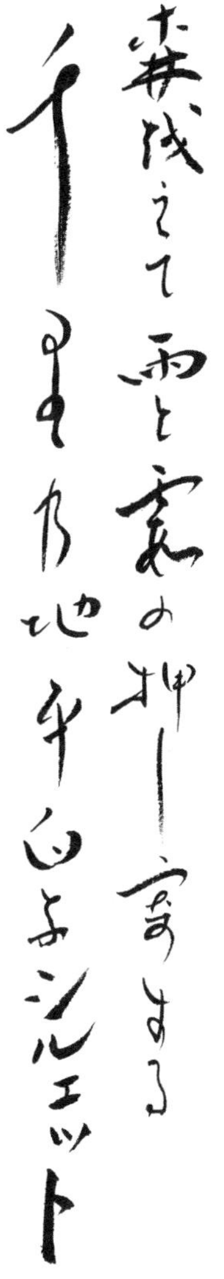

森越えて雨と霞の押し寄する千里の地平白きシルエット

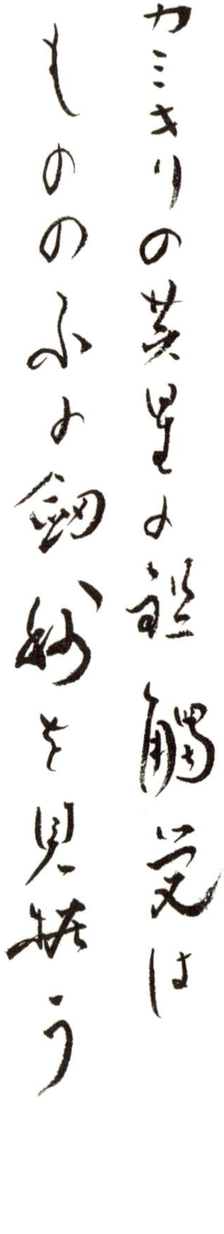

カミキリの黄星の鎧触覚はもののふの剣　秒を見据《みす》う

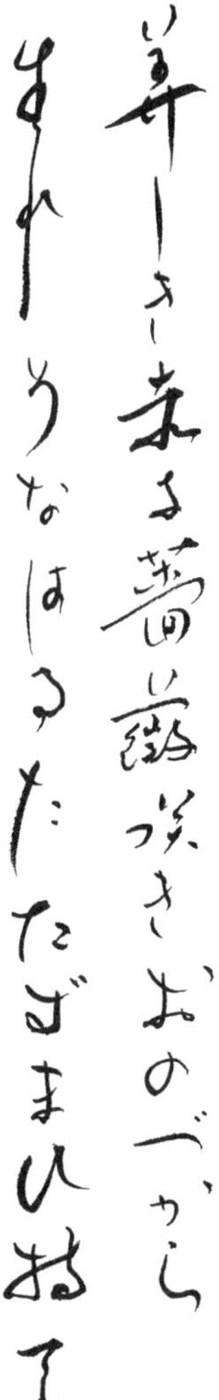

美しき赤き薔薇咲きおのづから生れそなはるたたずまひ持て

岩手の友

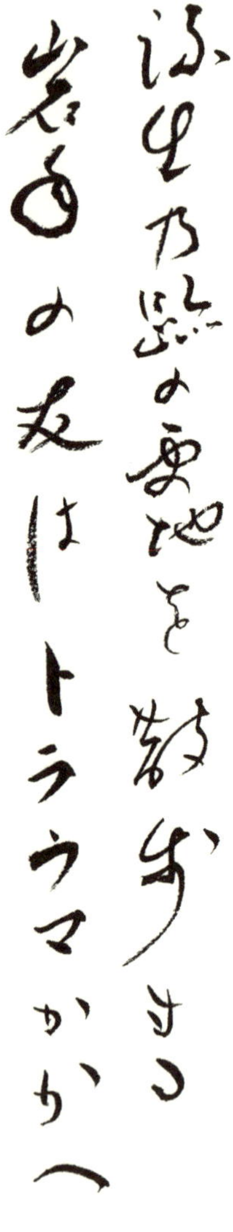

流出の跡の更地を散歩する岩手の友はトラウマかかへ

岩手への定住の夢三・一一不条理に耐へ義母を支ふ

七

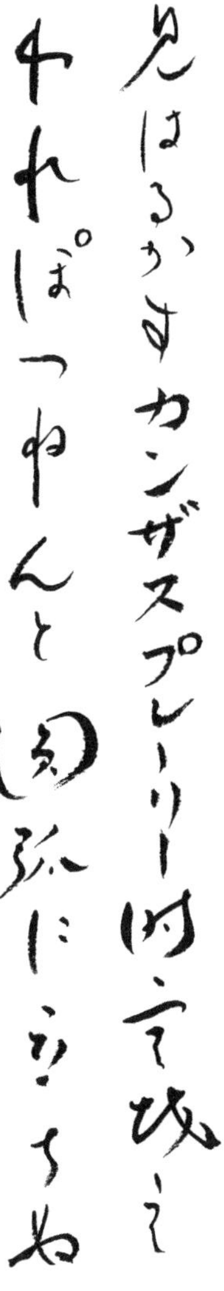

見はるかすカンザスプレーリー時空越えわれぽつねんと円弧に立ちぬ

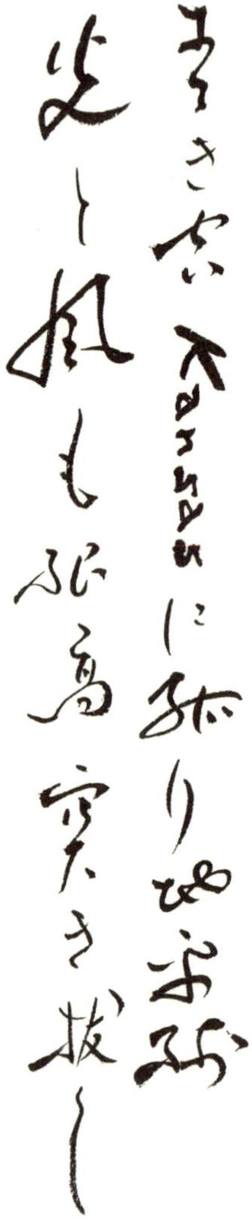

青き空 Kansas に独り地平線　光と風も孤高突き抜く

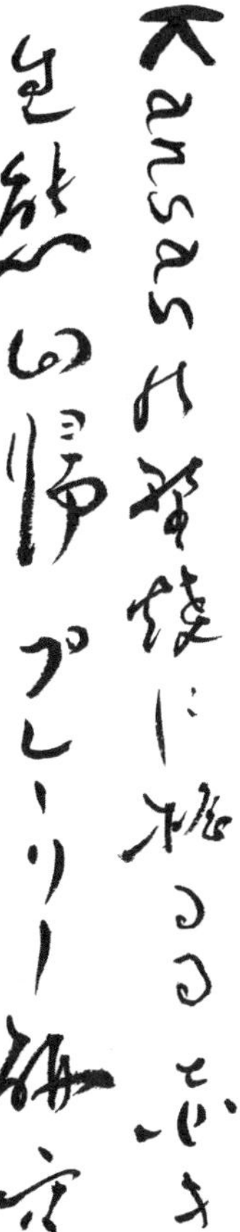

Kansasの野焼に揺るる赤き火の生態回帰プレーリー研究

通底のリヴェラルアーツ大学の質に悩めり課題の議論

淡路島

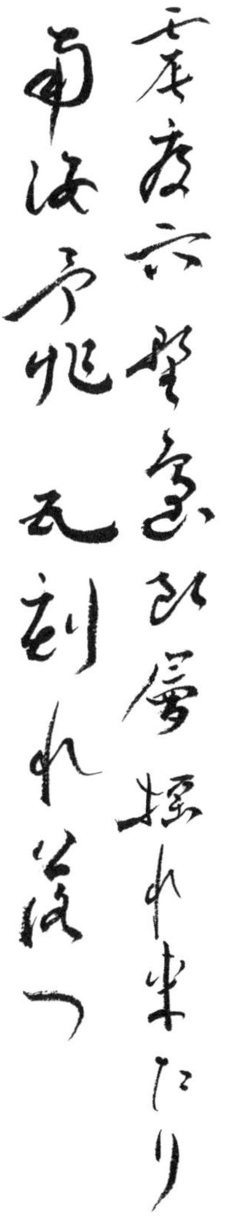

震度六野島断層揺れ来たり南海予兆瓦割れ落つ

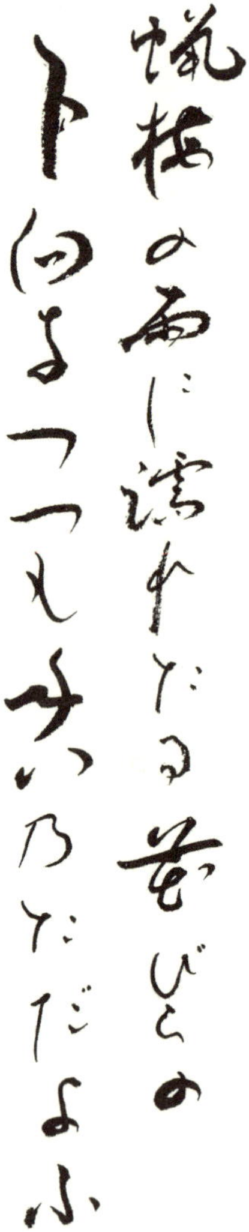

蠟梅の雨に濡れたる花びらの下向きつつも香のただよふ

梅林の吊広告の梅だより清香はこび南部いざなふ

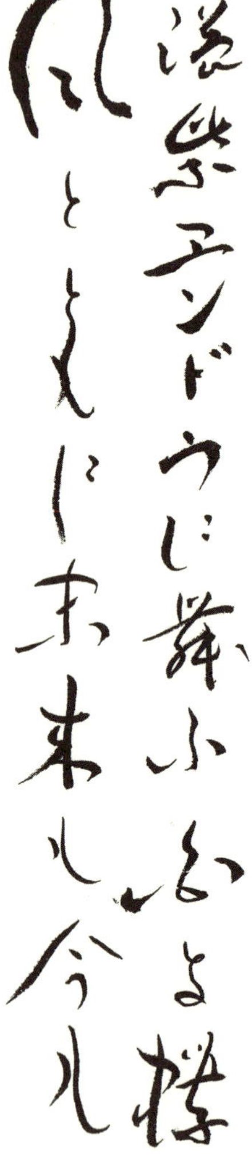

濃紫エンドウに舞ふ白き蝶風とともに未来も今も

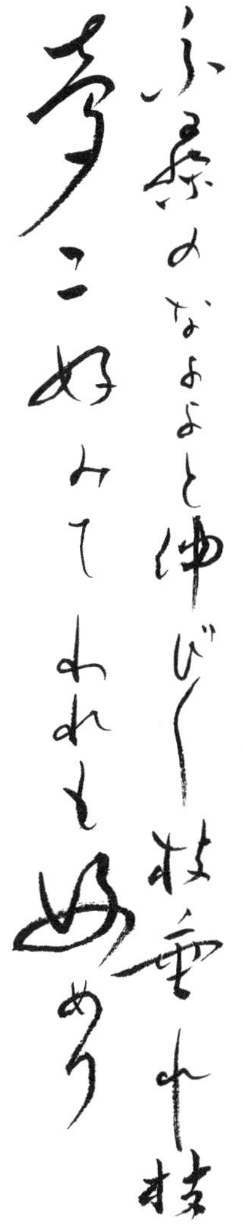

糸桑のなよよと伸びし枝垂れ枝　夢二好みてわれも好めり

霞のヴェール

山を這ふ霞のヴェール筋状に女神にふさはし雨後の山山

八

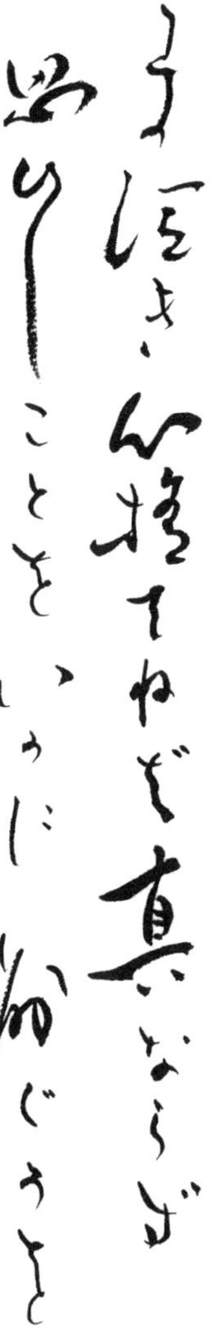

わが温《ぬる》き心捨てねば真ならず思ひしことをいかに削《そ》ぐかを

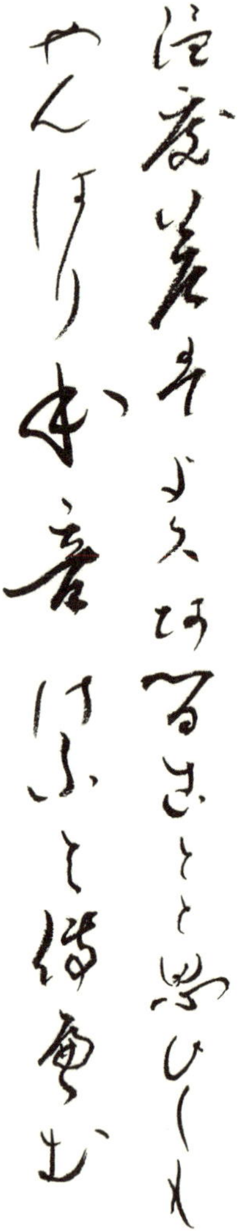

温度差はよくあることと思ひしもやんはり本音けふは伝へむ

深き息ひとつのことに悶悶と瞬時でもよし恍惚得たし

夜のしじまヂンヂンヂンと虫の音は変はれ変はれと刺激をわれに

炭のごと赤く燃ゆれば通じたり若き考へ導き燃ゆる

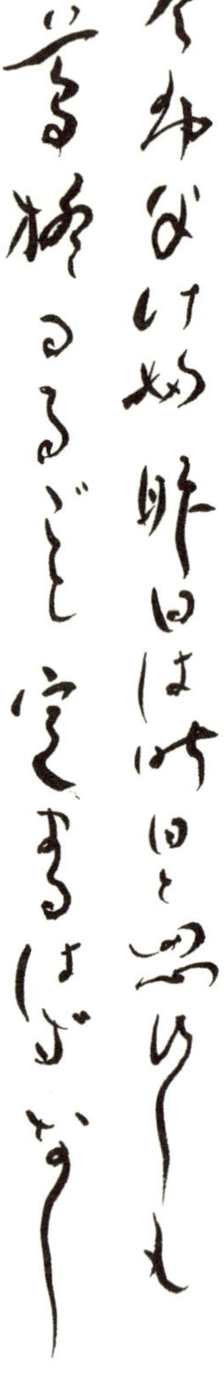

けふはけふ昨日は昨日と思ひしも蔦揺るるごと定まるはずなし

灰の中赤き炭火の切り口は造型語るおのづからなり

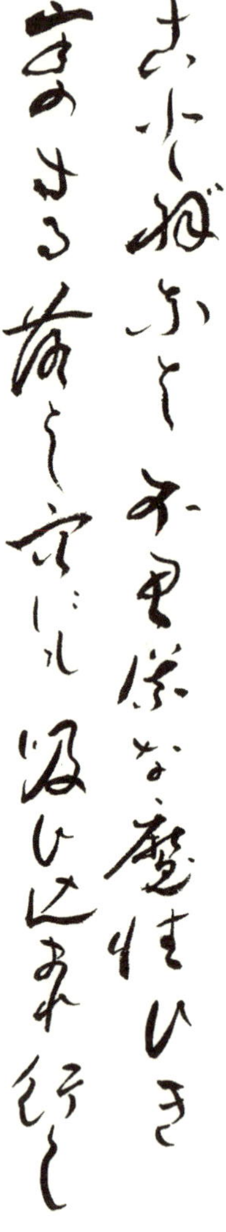

ことばとは不思議な魔性ひき寄する落とし穴にも吸ひ込まれ行く

医学研究
女優アンジェリーナ・ジョリー

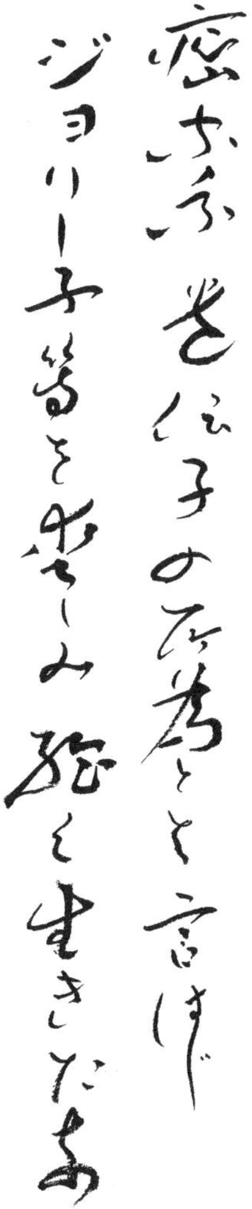

癌家系遺伝子の所為とは言はじジョリー子等を愛《いと》しみ強く生きたき

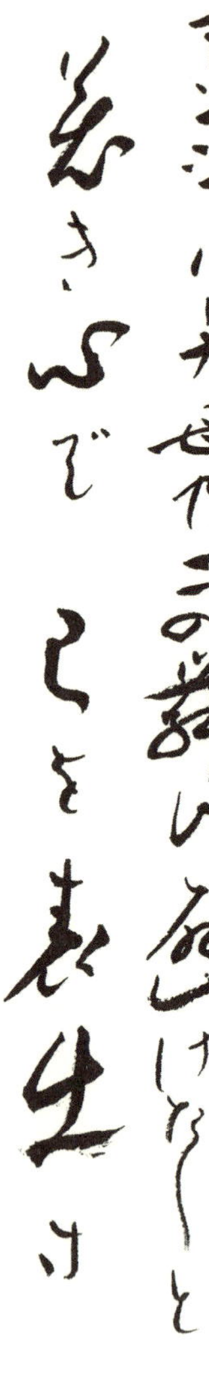

アンジェリーナ母の二の舞ひ避けたしと若き心で己を表出す

なにものも換へぬ命の生あらば医学の多肢はいまだ少なし

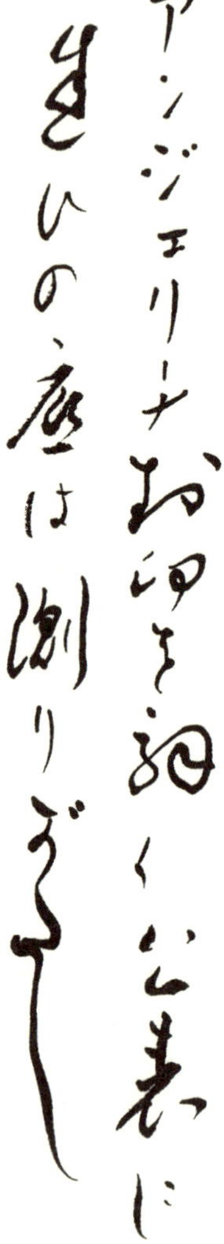

アンジェリーナ封印を解く公表に迷ひの底は測りがたし

新たなる遺伝子研究は夜を徹す iPS 細胞は実用化待つ

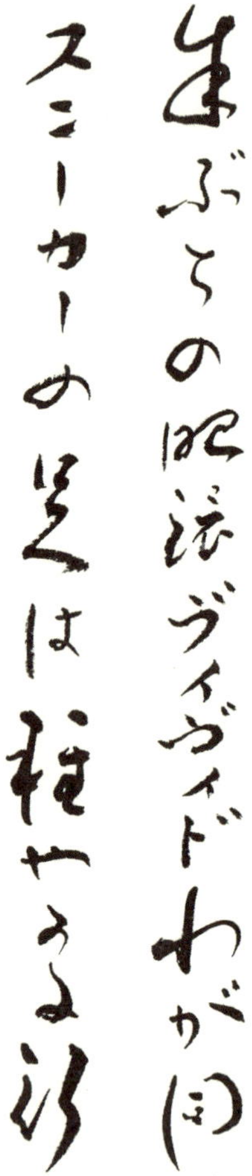

朱ぶちの眼鏡ヴィヴィドわが同僚スニーカの足は軽やかに行く

群青の空

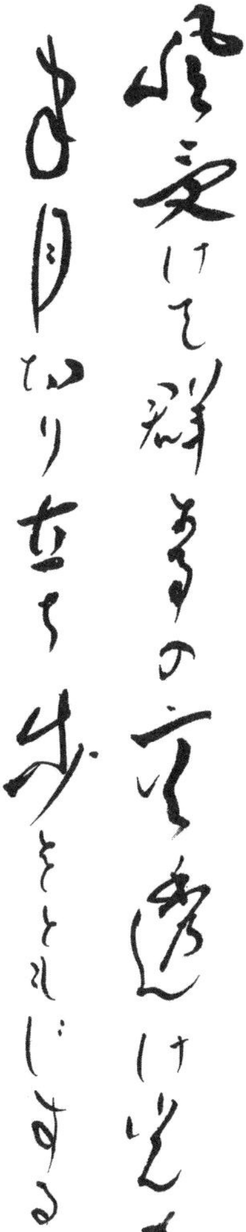

風受けて群青の空透け光る半月切り立ち歩をともにする

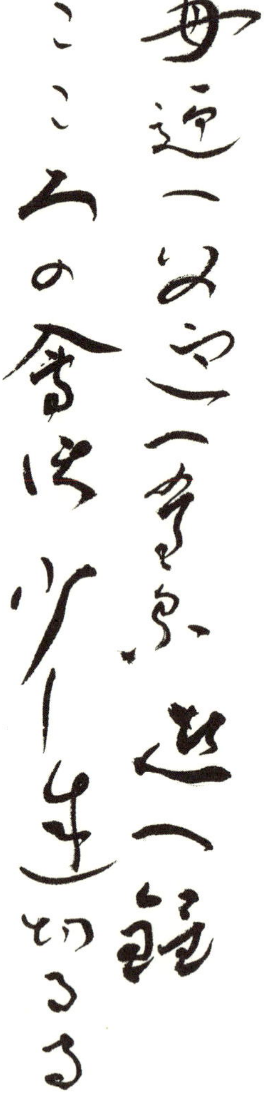

母迎へ父迎へたる迎へ鐘こころの会話少し途切るる

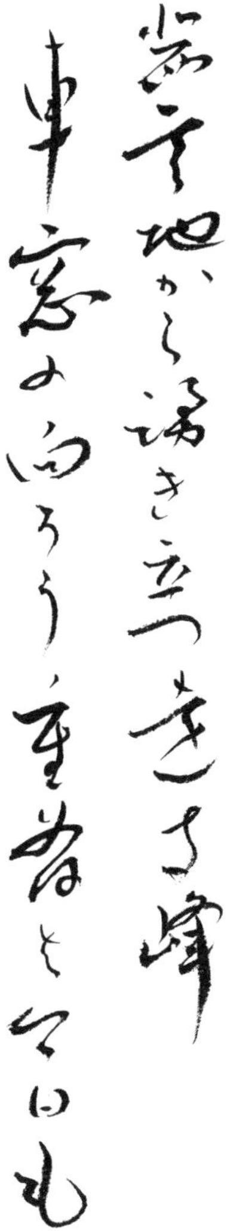

茜雲地から湧き立つ遠き峰車窓の向から重荷は今日も

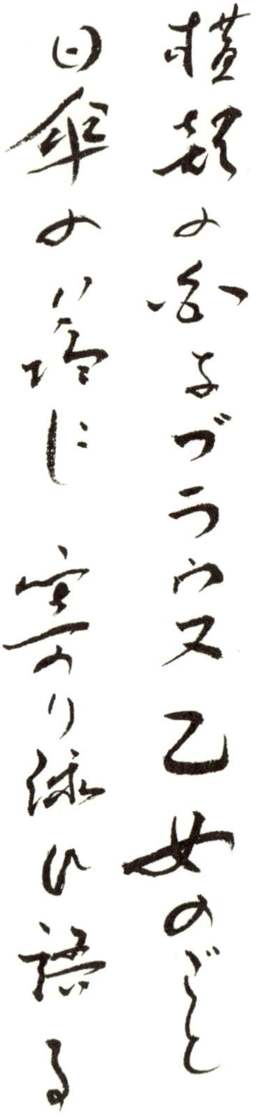

横顔の白きブラウス乙女のごと日傘の蔭に寄り添ひ語る

朝顔に露おく五時の涼風に笑顔で交はす挨拶今日も

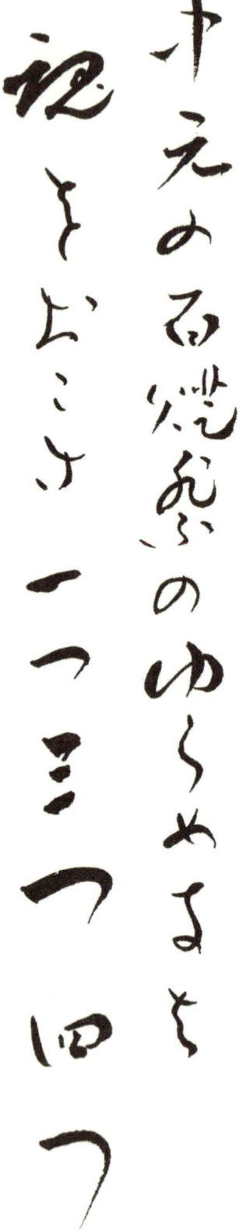

中元の百燈祭のゆらめきは魂をおこす一つ三つ四つ

わが夫と夜毎の月を仰ぎてはもちづきに餅今年も供ふ

猛暑には抹茶葛餅あが夫と一時安らふ冷房効かし

郊行

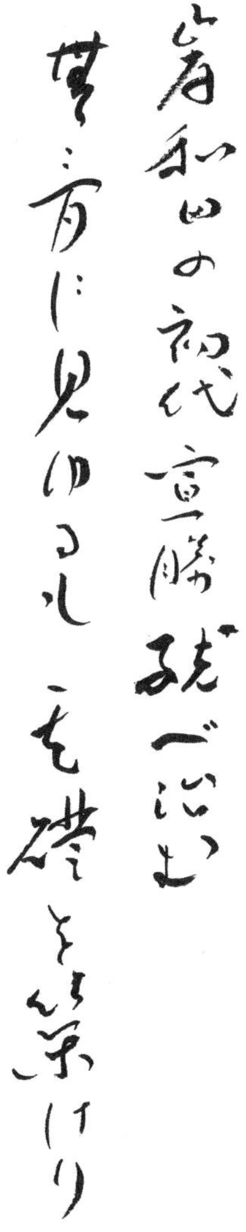

岸和田の初代宣勝統べ治む無骨に見ゆるも基礎を築けり

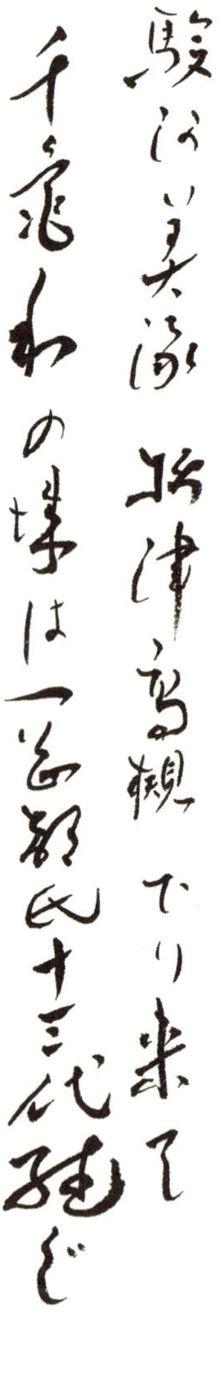

駿河・美濃・摂津高槻下り来て千亀利の城は岡部氏十三代継ぐ

岸和田城異名

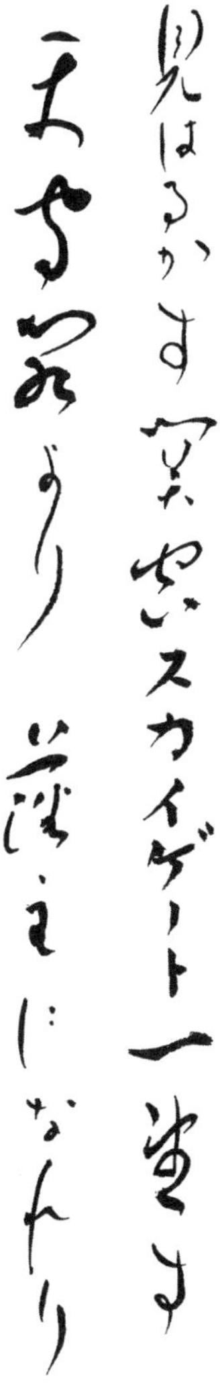

見はるかす関空スカイゲート《連絡橋》一望す天守閣より藩主になれり

岸和田の藩の古文書読みしこと藩存続が一義とされたり

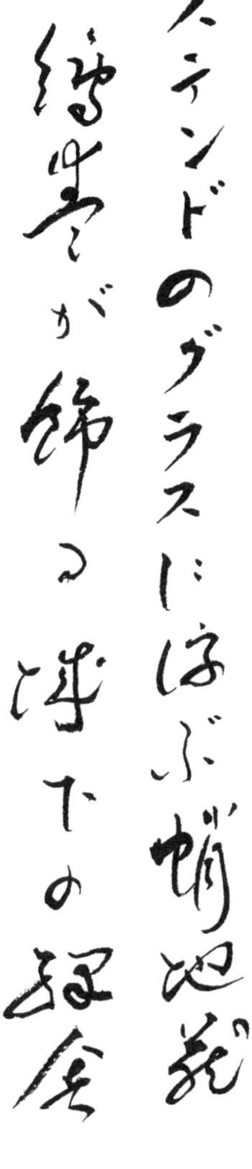

ステンドのグラスに浮ぶ蛸地蔵絵巻が飾る城下の駅舎

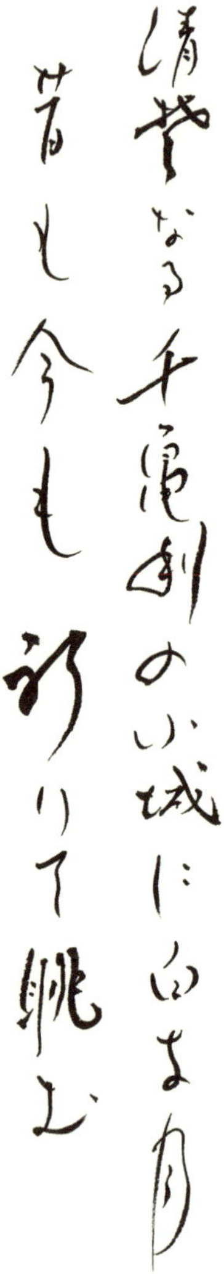
清楚なる千亀利の小城に白き月
昔も今も祈りて眺む

清楚なる千亀利《ちきり》の小城に白き月昔も今も祈りて眺む

炎暑

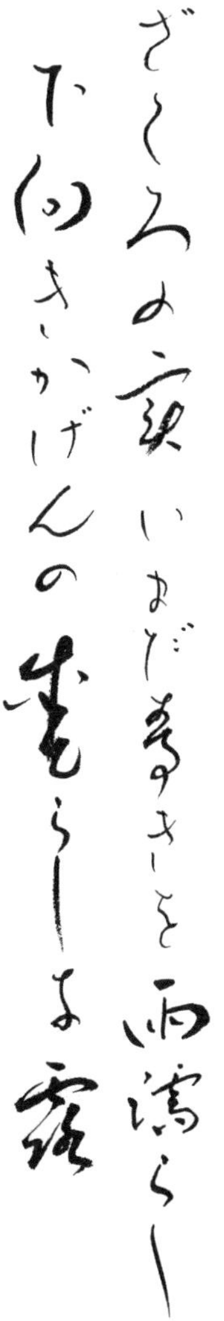

ざくろの実いまだ青きを雨濡らし下向きかげんの愛らしき露

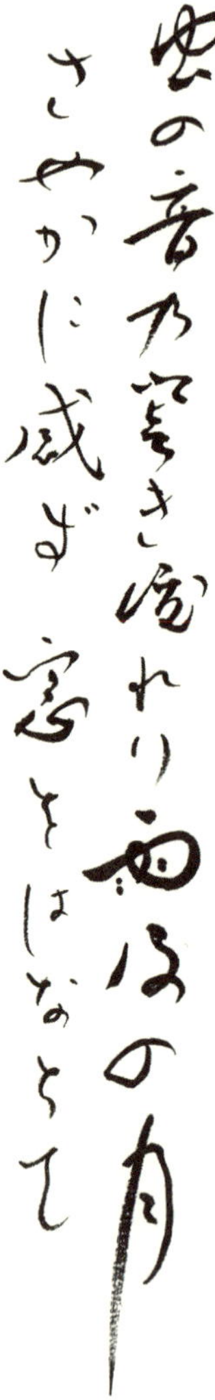

虫の音の響き渡れり雨後の月さやかに感ず窓をはなちて

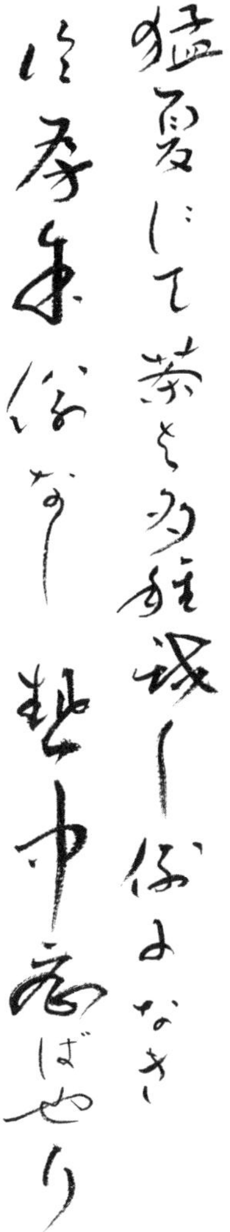

猛夏にて茶は多種試し例になき冷房余儀なし熱中症ばやり

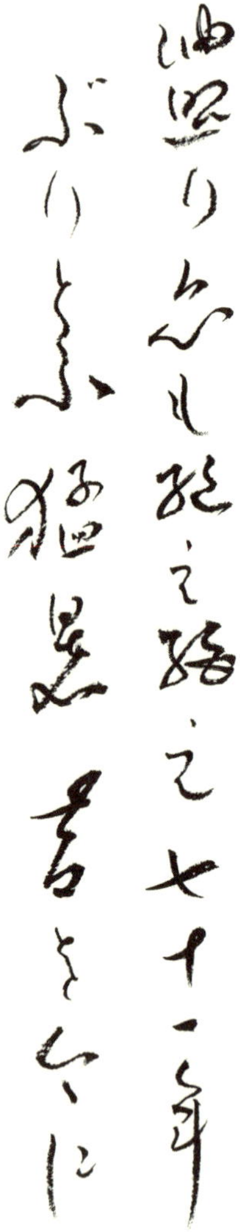

油照り息も絶え絶え七十一年ぶりとふ猛暑昔を今に

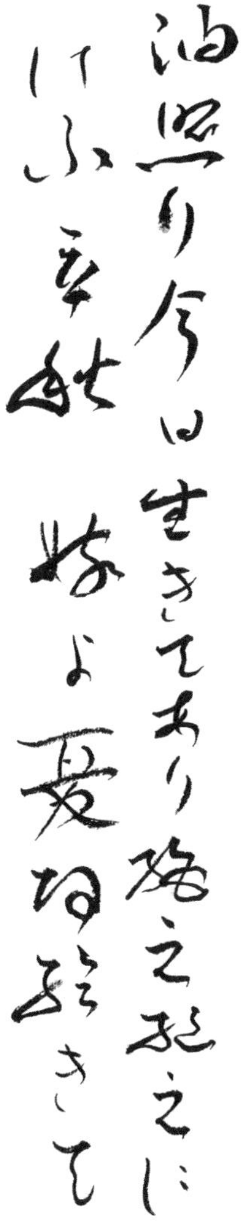

油照り今日生きてあり絶え絶えにけふ立秋「嫌よ夏陽続きて」

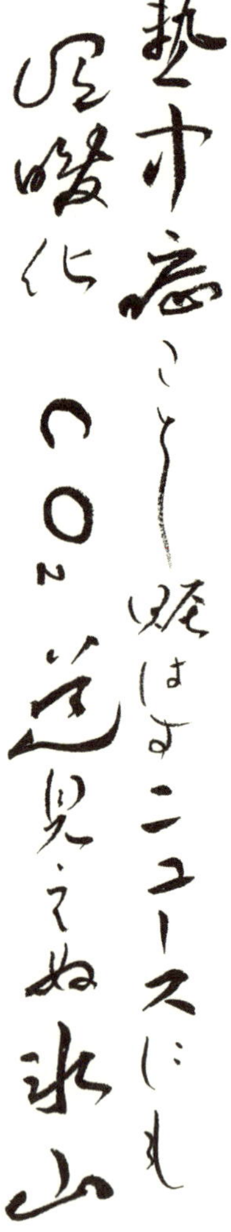

熱中症ことし賑はすニュースにも温暖化 CO_2 道見えぬ氷山

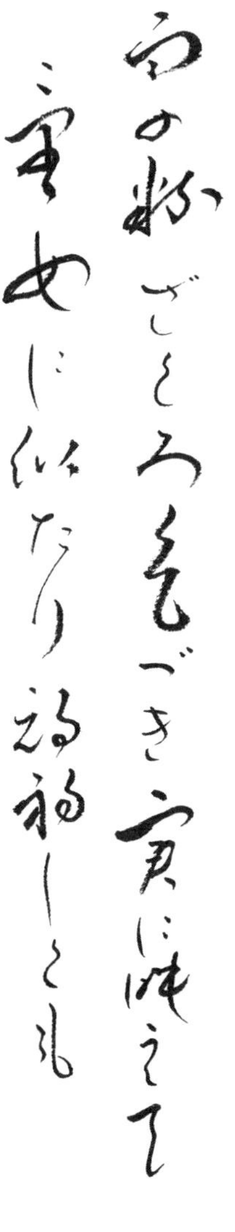

雨の粒ざくろ色づき実に映えて童女《わらは》に似たり初初しくも

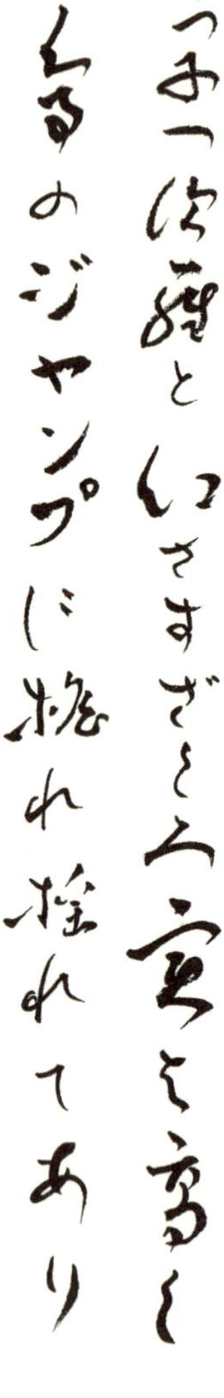

うつすらと紅さすざくろ実は高く鳥のジャンプに揺れ揺れてあり

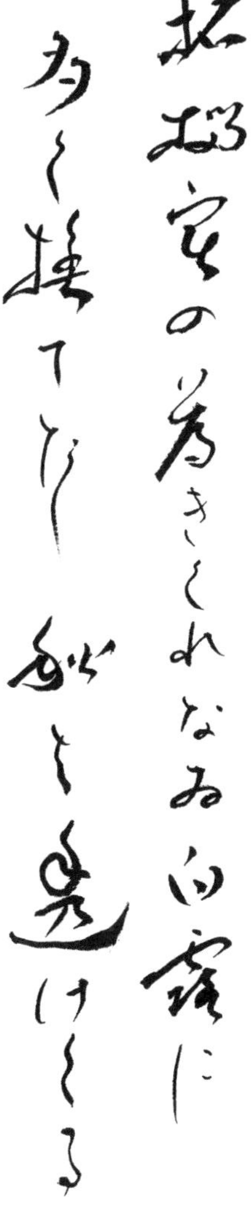

柘榴実の薄きくれなゐ白露に多く捨てたし秋は透けくる

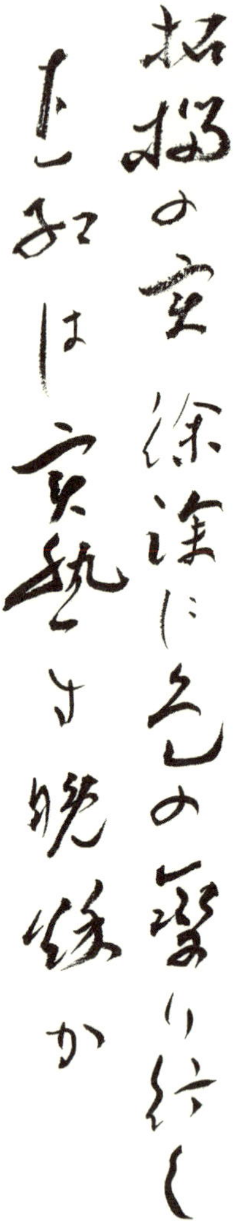

柘榴の実徐徐に色の変り行く直紅《ひたくれなゐ》は実熟す晩秋か

九

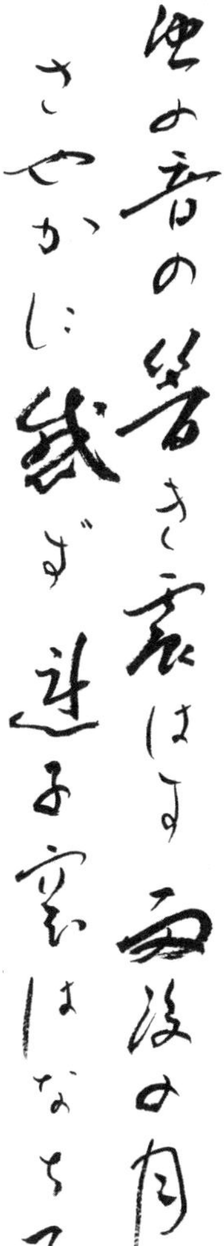

虫の音の響き震はす雨後の月さやかに感ず連子窓はなちて

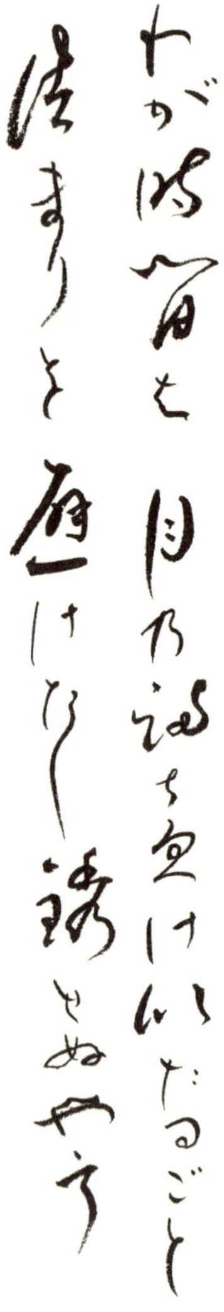

わが時間《とき》は月の満ち欠け似たるごと詰まりを避けたし錆《さび》せぬやう

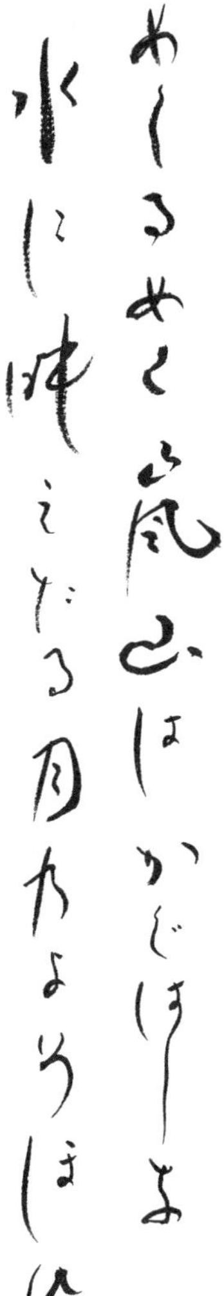

めくるめく嵐山はかぐはしき水に映えたる月のよそほひ

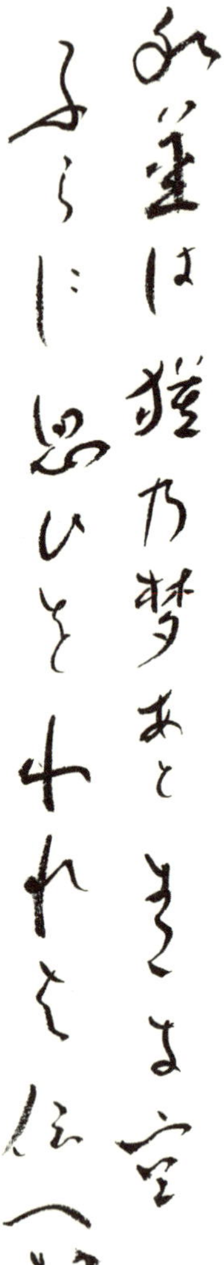

水茎は獏の夢あと青き空　子らに思ひをわれは伝へむ

「五十年経験なき台風」とニュース

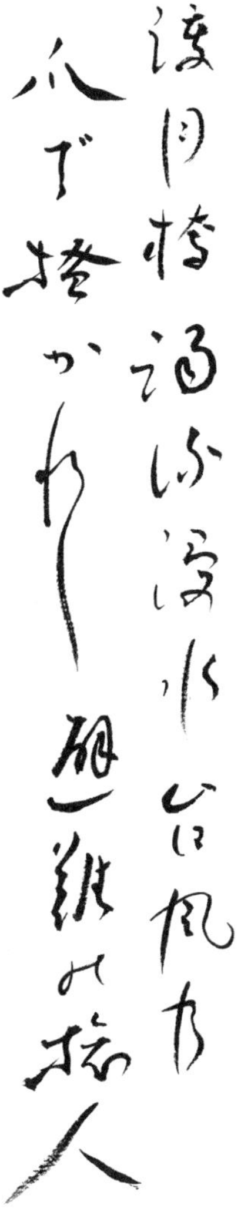

渡月橋濁流浸水台風の爪で掻かれし避難の旅人

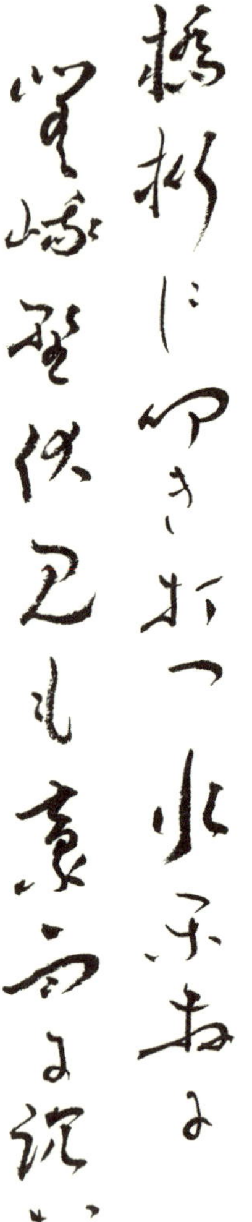

橋桁に叩き打つ水かさに嵯峨野伏見も豪雨に沈む

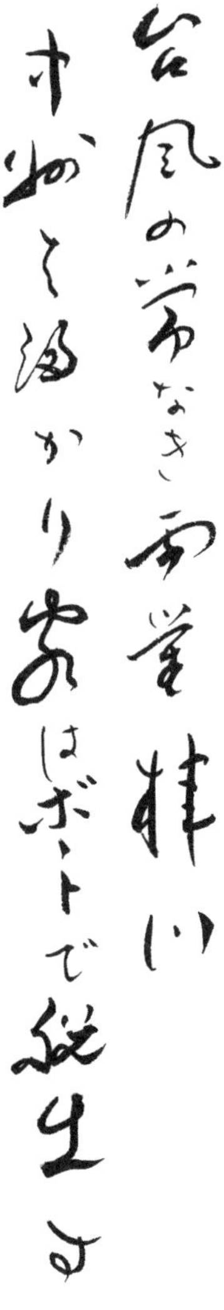

台風の常なき雨量桂川　中州は浸《つ》かり客はボートで脱出す

清冽な秋

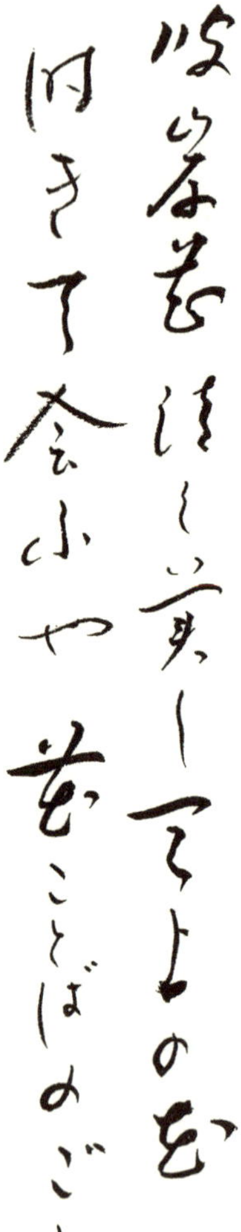

彼岸花清く美し天上の花　時きて会ふや花ことばのごと

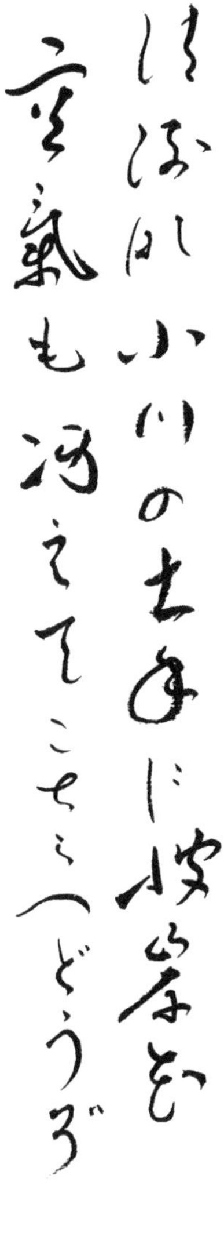

清冽な小川の土手に彼岸花空気も冴えて「こちらへどうぞ」

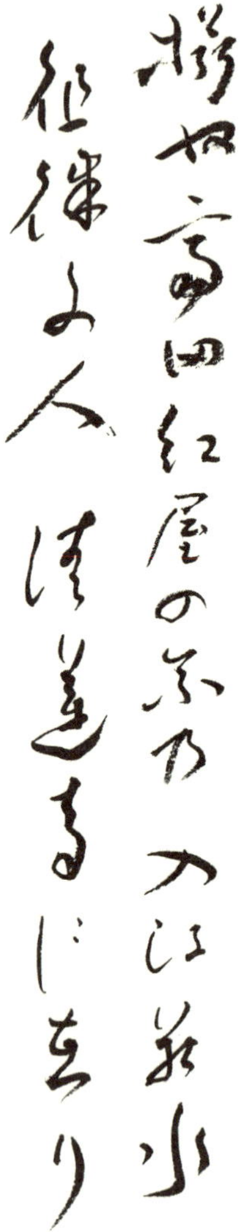

摂州富田紅屋《べにや》の系の入江若水　徂徠派文人清蓮寺に在り

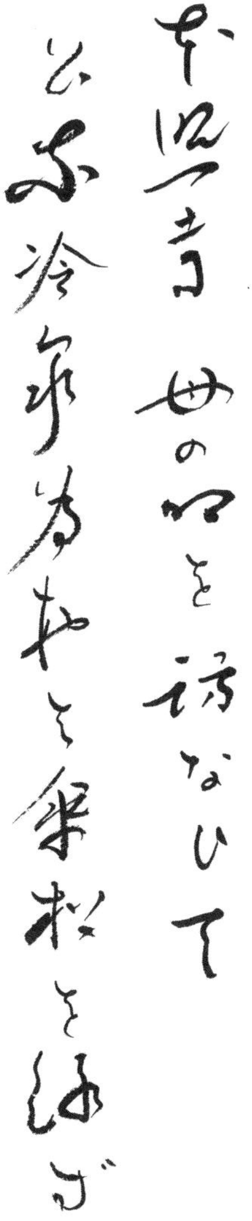

本照寺母の郷を訪なひて公家冷泉為村は傘松を詠ず

若き徒

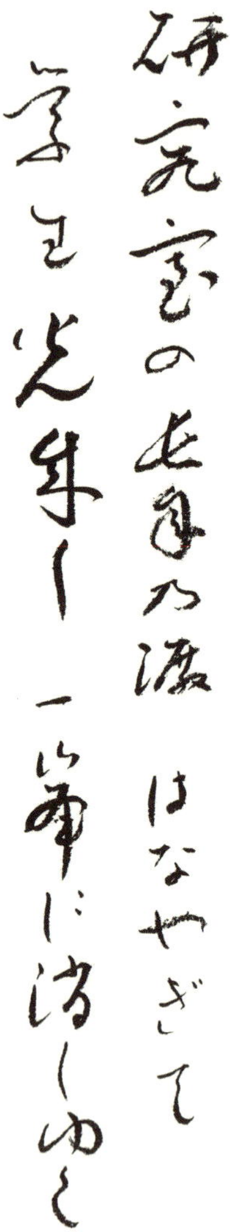

研究室の長年の澱　はなやぎて学生光来《くわうらい》し一挙に消しゆく

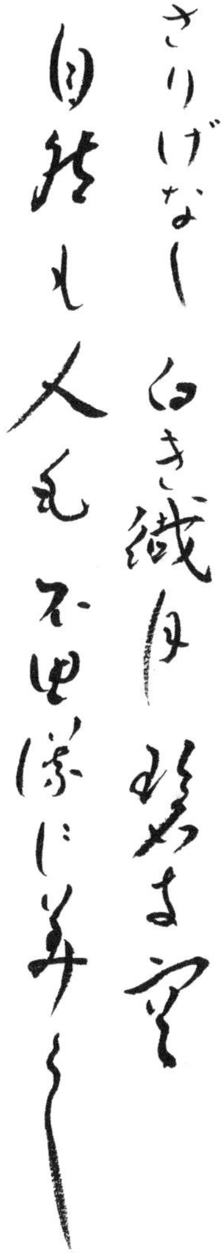

さりげなし白き織月碧き空　自然も人も不思議に美くし

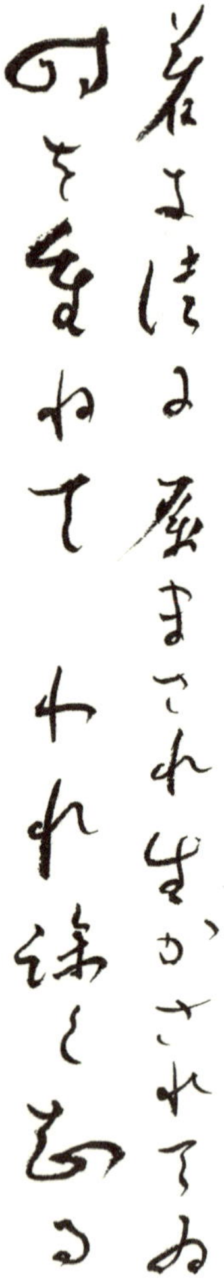

若き徒に励まされ生かされてゐる　時を重ねてわれ深く知る

わが人生　学生の言光来の万人　出会ひを刻む次の子らへと

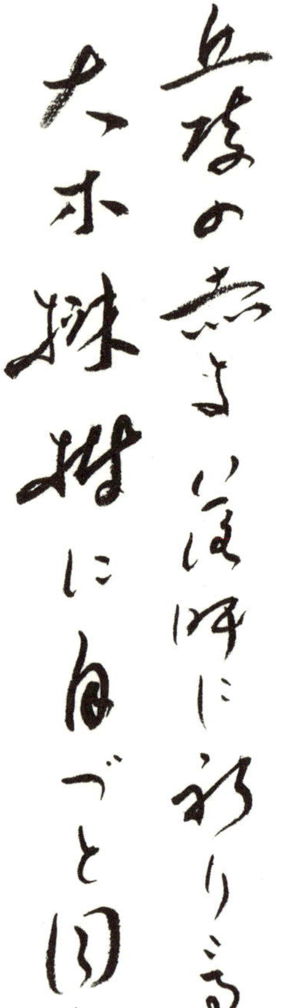

丘陵の赤き落暉に祈りては大木樹樹に自づと同化す

十

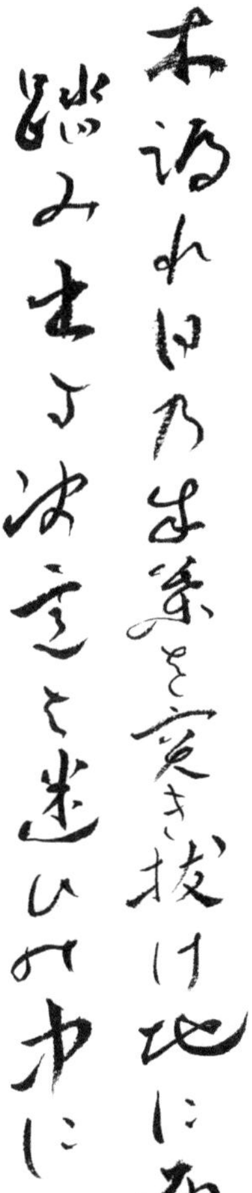

木漏れ日の朱葉を突き抜け地に届く踏み出す決意は迷ひの中に

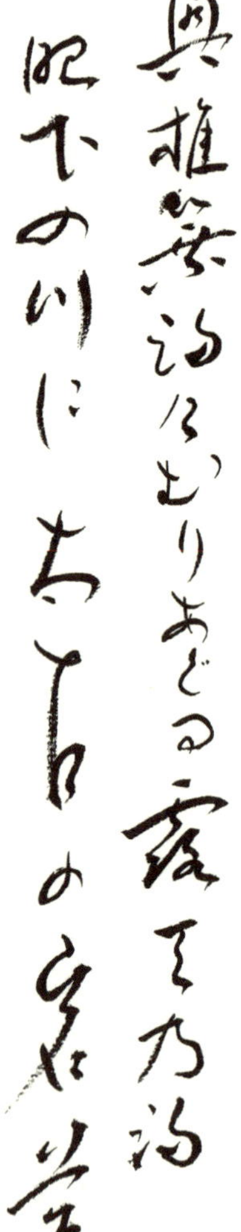

奥椎葉湯けむりあぐる露天の湯眼下の川に太古の岩苔

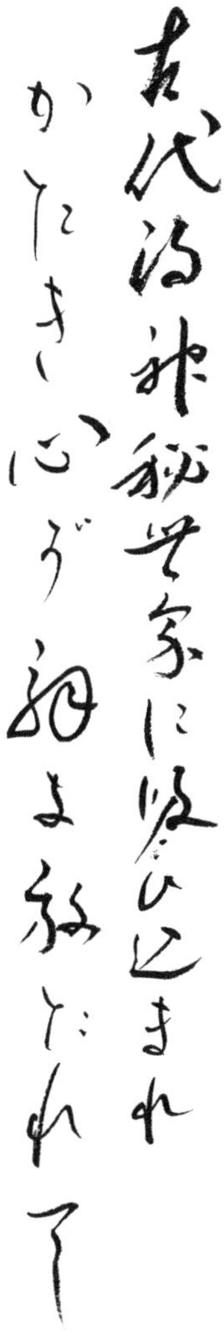

古代酒の神秘世界に吸ひ込まれかたき心が解き放たれて

「黒田節」社《やしろ》に響く寂寂《さびさび》と広き背翳《せなかげ》確《しか》と立ちたり

柘榴手に一粒取りて文語《ふみ》る生死《しやうじ》は揺らぐ大海の底

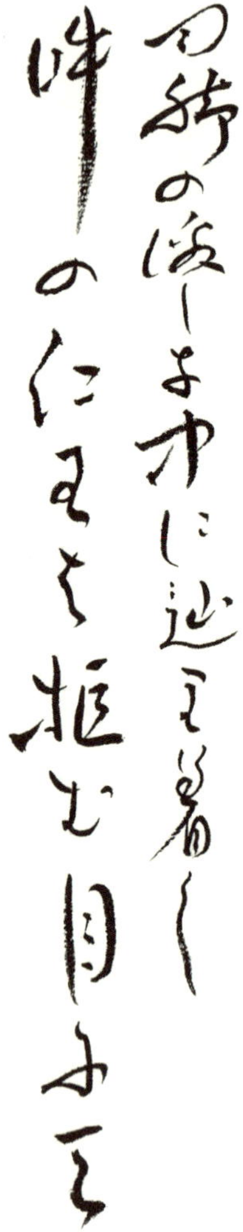

雨脚の激しき中に辿り着く吽《うん》の仁王は拒む目にて

初春

二〇一四年

明昼《あかひる》に白き繊月浮かびたり父の面影重ねて祈る

あとがき

わたくしが歌を考える場合大事に考えていることが二点ございます。日本の古典文学の四季の感覚が身体深くに沁み込んでいて自ずと取り込まれているらしく、自然に対する視線はわたくしから放せないようでございます。これが一つです。
二点目は歴史、文化、文学など軸足を揺るがせにすまいと見据えて参りました。時間の流れが速くめまぐるしく変化し消滅しそうなものを、大事に伝え詠むことによって伝承していきたいと考えております。それゆえに歌もどうしてもそのような関連を詠じる傾向になっているように存じます。

こころにふつふつと微かに湧き出て参ります心情を詠み溜めて参りました。手元にございます二十年間の詠歌を纏めて歌集としたく存じます。一九九三年（平成五）から二〇一三年（平成二十五）までの歌でございます。現在在ることへの感謝の気持ちとさせていただきます。

青磁社の永田淳氏には歌集出版に際し歌人のお立場から丁寧に御教えを賜りまことに有難く深謝いたしております。

二〇一五年（平成二十七）三月一日

原　雅子

業績一覧

歌・短歌関係

「旭川記」(短歌、旭川市立文学資料館友の会報第十四号二〇一四年十二月)
「花一会」(「二〇一四年大阪歌人クラブ四十周年記念号澪つくしⅢ」大阪歌人クラブ二〇一四年十月)
「古典の不連続と連続」(「千里金蘭大学紀要」第十号通巻四十四号二〇一三年十二月)
「藤原定家真筆「基俊集」断簡—大阪天満宮御文庫蔵「定家卿色紙」—」(「大阪の歴史」32 一九九一年六月)

研究

『和歌文学大辞典』(株式会社古典ライブリー二〇一四年十二月)
『和歌文学大辞典』(CD版株式会社古典ライブリー二〇一三年四月)
『鉄心斎文庫短冊総覧　むかしをいまに』(株式会社八木書店二〇一二年八月)
単著『賀茂真淵研究』(株式会社和泉書院二〇一一年九月)
単著『冷泉為村と攝津富田本照寺』(株式会社自照社出版二〇〇一年三月)
単著『江戸の鬼才　上田秋成』(株式会社中経出版二〇〇七年八月)
『日本古典文学研究史大事典』「賀茂真淵」(株式会社勉誠社一九九七年十一月)
『京都大学蔵　大惣本稀書集成』第十三巻「掃奇草」(株式会社臨川書店一九九七年十一月)
『京都大学蔵　大惣本稀書集成』第三巻「勧善桜姫伝」「勧闡風葉編」(株式会社臨川書店一九九四年十一月)
ほか

著者略歴

原 雅子　（はら まさこ）

京都大学大学院国語学国文学博士課程修了
京都大学博士（文学）
千里金蘭大学教授
大学共同利用機関法人人間文化機構国文学研究資料館国文学文献資料調査員
大阪歌人クラブ会員
全日本煎茶道連盟有聲文庫研究会会員（研究学会は除く）

歌集　白き織月

初版発行日　二〇一五年三月二十九日
著　者　原　雅子
　　高槻市富田町四―三―二〇（〒五六九―〇八一四）
定　価　二五〇〇円
発行者　永田　淳
発行所　青磁社
　　京都市北区上賀茂豊田町四〇―一（〒六〇三―八〇四五）
　　電話　〇七五―七〇五―二八三八
　　振替　〇〇九四〇―二―一二四二二四
　　http://www3.osk.3web.ne.jp/~seijisya/
装　幀　加藤恒彦
印　刷　創栄図書印刷
製　本　新生製本

ISBN978-4-86198-305-4 C0092 ¥2500E